A INVENÇÃO DO CRIME

LEIDA REIS

A INVENÇÃO DO CRIME

EDITORA RECORD
RIO DE JANEIRO • SÃO PAULO
2010

CIP-BRASIL. CATALOGAÇÃO-NA-FONTE
SINDICATO NACIONAL DOS EDITORES DE LIVROS, RJ

R31i Reis, Leida
      A invenção do crime / Leida Reis. – Rio de Janeiro: Record, 2010.

      ISBN 978-85-01-08813-0

      1. Romance brasileiro. I. Título.

                        CDD: 869.93
10-0385   CDU: 821.134.3(81)-3

Copyright © Leida Reis, 2010

Capa: Flavia Castro

Texto revisado segundo o novo Acordo Ortográfico da Língua Portuguesa

Direitos exclusivos desta edição reservados pela
Editora Record Ltda.
Rua Argentina 171, Rio de Janeiro, RJ – 20921-380 – Tel.: 2585-2000

Impresso no Brasil

ISBN 978-85-01-08813-0

Seja um leitor preferencial Record.
Cadastre-se e receba informações sobre nossos
lançamentos e nossas promoções.

EDITORA AFILIADA

Atendimento e venda direta ao leitor:
mdireto@record.com.br ou (21) 2585-2002

"Há três tipos de homens: os vivos, os mortos e os que caminham no mar."

PLATÃO

PARA Maria,
João,
Gabriel e Clarice

Na Líbia

O homem esquecido pelos deuses está comendo as tâmaras que traz no bolso, embrulhadas em papel de pão. Como não luta, não mata e não morre (nem sempre foi assim), bebe água mineral ouvindo a música seca e áspera do deserto. Os fios brancos da barba não escondem o vigor que ainda carrega. O corpo, semienvelhecido, é musculoso, o rosto não mais escondido pelo *tagelmust*. Quando tirou pela primeira vez o véu índigo, sentiu-se nu e olhou em volta. O que diriam os nômades se o vissem? O que fariam os membros da tribo? Eles incrustariam no seu coração uma Takota, a espada de lâmina brilhante de dois gumes, pois nenhum guerreiro pode mostrar o rosto enquanto o sol revela os totens do mundo. O que ele disse e o que ele fez? Estava começando a entender que não importava mais a opinião dos outros, não havia ninguém em volta. O Saara teimava em não mais reconhecê-lo, ele agora estava em Gadamés e sua vida tinha mudado o bastante para não caber mais na palma da mão. Nunca mais tomou o chá da manhã, o champanhe do deserto, com bastante espuma de açúcar, sinal de reconhecido prestígio para o visitante. Não que tenha passado a desprezar o chá e agora prefira os refrigerantes que chegam do exterior, apenas não se acha mais digno. Quando era tuaregue, esforçava-se para que a espuma ficasse espessa e se orgulhava de nunca ter servido um chá magro. Seria grande a ofensa. Seguia com esmero as normas do seu povo. Isso foi há 14 anos.

— Eu o escolhi para amar. Não importa o que dirá, se os céus já o reservaram para outra. Tenho idade para o casamento. Eu o escolhi e estou lhe dizendo isso. Porque meu coração é livre e meu povo me deixa andar pelas pradarias e colher cocos e também falar com o homem que escolhi.

— Está me dizendo isso tudo hoje? Por que hoje? Por que escolheu este dia para me dizer isso?

— Por quê? Por que não haveria de ser este o dia? Dia claro, dia lindo, dia de bênçãos de Alá.

— Por nada, princesa. Fico lisonjeado. Muito mesmo, acredite, minha princesa. Mas estamos saindo hoje mesmo em busca de pastagens e meu irmão fará melhor companhia a você. Eu preciso ir à frente, para me certificar de que não terão problemas, a família, vocês todos.

— Se não posso seguir com você, estarei atrás, com a retaguarda. Mas no meu coração estaremos juntos, lado a lado, sempre juntos.

— Não. Não com o sentimento de que estarei pensando em você o tempo todo, minha princesa. Acredite em mim, é melhor olhar para meu irmão, que é homem mais digno de sua beleza e integridade do que eu.

O homem esquecido pelos deuses toma o último gole do líquido fresco que traz na garrafa. A água não é bastante para escorrer pelo pescoço como a do cantil, o cantil de antigamente, mas ele tem a ilusão do refresco sob o céu amarelado de luz. Devolve a garrafa ao porta-luvas do carro e volta para o seu posto. Não está olhando para longe, por isso não vê o país inteiro que ele perderá para sempre neste mesmo dia em que o som de violino do deserto devolve outros tempos. Aqueles em que o dromedário o conduzia em direção a tantas cabanas no deserto e as passadas tinham o ritmo do vento. Exceto quando os animais não estavam com filhotes e precisavam esperar que se firmassem no chão, ele não os deixava quietos. Quando era um tuaregue podia empunhar a antiga Takota da família, de friso longitudinal, punho guarnecido por uma cruz. Uma peça destas é a alma do guerreiro, dizia o avô. O irmão preferia vigiar as cabras pertencentes à família, que se protegiam do calor à sombra das tamareiras, e, como mancava de uma perna por causa de um acidente quando criança, fingia que não desejava com todas as suas forças ser, como ele, guardião do deserto. O próprio irmão numa casta inferior. Hoje é comerciante de peles, obrigado a pagar tributos, e ainda recorda o dia em que foi empurrado para dentro do poço. Mas a raiva foi apenas momentânea, não sobreviveu, houve a compreensão de que eram cúmplices, uma brincadeira de meninos, e a perna defeituosa seria para sempre o símbolo desta amizade. Antes disso, do acidente, os dois enfrentavam juntos o Simu: os olhos tinham que ser protegidos por grossos óculos e o som vindo dos montes era desafiante. As caravanas paravam, até. Alá parecia zombar deles, soprando com força o país inteiro. Talvez porque não fossem muçulmanos o suficiente, como ouviu dizer a mãe, certo dia. Não estavam presos, como outros povos, aos compromissos da religião. A tempestade podia ser o último dia sobre a terra, mas os dois meninos riam, riam dos adultos e dos animais. De si mesmos. Riam e gritavam, sozinhos e juntos, tentando correr no sentido contrário ao vento forte e ficando praticamente no mesmo lugar apesar das pernas em movimento.

Mas isso foi há 24 anos.

Está neste momento tentando juntar os cacos de um vaso quebrado que havia comprado na feira e levaria para Zânia. Como precisa vencer as horas de espera, brinca com os cacos, trocando-os de mãos, uma sobre a outra, recostado ao carro. Não sabe como, a antiga habilidade de equilibrar objetos acaba de abandoná-lo. O vaso havia caído e era antinatural que se despedaçasse, pois a distância em relação ao chão não parecia suficiente para isso, mas o que via eram milhares de pedaços do que seria um presente para Zânia. Alguns, os menores, se misturaram à areia, e agora, neste momento em que o silêncio veio substituir a música mental, não podem ser recuperados. Dos maiores, há os que rolaram para debaixo dos outros carros que estão estacionados ali à entrada da cidade antiga. Agachar-se para pegá-los seria ridículo. Poderia recolher todos os de tamanho médio, mas o que faria com eles? Quando lembrou que não era mais um guerreiro e que seu novo eu tinha a elegância de um cavalheiro do Ocidente, decidiu não experimentar refazer o vaso, o que acreditava ser impossível, mas limpar o chão; então, tentava, no exato momento, juntar os cacos. Coloridos e difusos, como seus sonhos, lembra-se.

Come a última tâmara e decide voltar à portaria. Não tem mais a proteção contra os maus espíritos, seu rosto queimado de sol está revelado, nu, impaciente. Não temeroso, entretanto, pois confia em si mesmo, no poder de seus negócios, como confiava quando era um tuaregue e tinha sua própria guerra.

— *Princesa, princesa, estou amargamente arrependido. Descobri que a amo. Que nada sou sem você. Como posso desfazer o mal que fiz? Como posso voltar atrás e aceitar o seu pedido de casamento? Nem o deserto é tão grande para ser a morada da minha dor. Pense nisso, eu errei. Errei ao desprezar o seu sentimento sincero. Agora estou aqui e choro, você será a única em minha vida, juro, a única.*

— *Entreguei meu coração a Habitul. Ele aceitou meu pedido e nos casaremos em algumas semanas. Não sabia? Como pôde ficar tão alheio ao que acontece na sua própria família?*

— *Não é possível! Não pode ser! Eu estava em Mali. Sonhava alcançar Mali, e fomos naquela direção, até que a saudade de você me fez mudar de rumo, dar meia-volta. Desde então, só pensava em como pedir perdão pela minha indiferença. Não sei onde estava minha cabeça. Agora que tomei consciência, estou perdido. Perdido de amor.*

No conceito berbere, era um homem livre e vivia no lado leste da Nigéria quando não estava singrando o deserto, sua casa. Se pudesse, e se interessasse a ele neste momento, lembraria que o fim da liberdade, para o tuaregue, é a morte. Para o homem diante da fábrica, da falsa fábrica de tecido, há outras mortes, e ele vai conhecer uma delas. Está agora num carro russo 1.6, é um dos poucos na Líbia a saber que detrás daqueles muros encardidos não há produção alguma. Não há funcionários cumprindo horários e recebendo benefícios da previdência, apesar da placa de 2 metros quadrados na entrada. São outros os interesses dos homens que ali passam suas horas do dia e da noite.

A música do deserto, ouvida a poucos metros da estrada, é seca e áspera. Tem timbres tristonhos, meio assombrosos, porque o sol e a poeira ameaçam todas as horas buriladas do dia. Então, se é possível ouvi-la, mesmo quando não há instrumentos ou qualquer aparelho eletrônico por perto, é porque tenta dissimular o calor e leva o som mágico ao encontro de ondas refrescantes de um mar imaginário. A música está apenas na memória. Ou as rajadas de areia são capazes de materializá-la?

— *Princesa, amada minha. Soube que desistiu do casamento e que agora me quer. Se é verdade, serei o homem mais feliz do mundo.*

— *Sim, é verdade, meu amado. Sinceramente achei melhor voltar atrás e aceitá-lo. Mas não se esqueça de que quando estiver longe de casa eu darei as ordens e conduzirei tudo da minha forma. O plantio, o pastoreio, o comércio, tudo será do meu modo.*

— *Claro, amada minha. Tudo como quiser, claro, como não? Sou guerreiro, sabe o quanto prezo meu poder, mas em casa serei seu escravo. Tudo será da forma como minha amada pensar. E trarei flores e frutos para você toda vez que regressar.*

Há 11 horas tenta convencer Abussam a deixá-lo falar com o chefe. Seu mundo está de cabeça para baixo com aquele incidente. Num dia está tudo em ordem, seu trabalho flui, sua existência tem uma justificativa mais do que plausível num país de tantos homens inertes: fazer contatos, encomendar os últimos lançamentos do mercado, efetuar os pagamentos, receber a mercadoria nos aeroportos. Tudo com a perfeita discrição. Como se fosse convenientemente invisível, como se não passasse de um maestro e a orquestra, embora sabendo exatamente o que tocar, não se mexesse enquanto ele não começasse a mover a batuta. No outro dia, portas fechadas. Antigos companheiros, como que por encantamento, viram inimigos, teimam em dizer que ele não ocupa a posição que ocupa. Ou pensa que. Conta as horas, uma a uma, para ouvir mais uma vez um sonoro não.

Quando se curvava, voltado para Meca, e a Alá dirigia sua prece — nas poucas vezes em que fazia isso —, contemplava o mundo inteiro olhando para o canto da unha que, em criança, havia escolhido como refúgio para seus olhos. Sempre que algo fugia ao seu controle, na vida de nômade ou na aldeia, olhava para aquele pedaço de unha tristemente comida e se lembrava da misericórdia e sabedoria de Alá. Agora não entoa mais preces. Não encontra mais o oásis da brisa do divino nem tem mais a humildade de ajoelhar-se.

— Nem tente insistir. Nem uma vez mais me peça isso. Só estou aqui, com você, porque sou o segurança da porta principal e este é o meu lugar. Mas daqui a uma hora termina a minha escala e aí vem Yassuf, que não tem paciência nem com a própria sombra. Se eu fosse você, caía fora antes disso.

— Não posso. Tenho que falar com ele. É a minha vida que está em jogo. Não entende? O que houve, afinal? Por que não me recebe?

— Quer que eu repita tudo? Não vou dizer mais nada. Pode falar o que quiser. Vou ficar é calado, que você já me cansou demais. Se eu pudesse, te daria um tiro, e acho que é o que vão me mandar fazer nos próximos minutos se você não desaparecer daqui.

— Amada minha, sei que passou a noite a me esperar de forma a acertarmos tudo para o que nossos pais chamam de "o grande dia". Eu não fui. Como não irei amanhã também. Não estarei mais com você, não serei seu esposo, como você, princesa, espera e sonha, porque é pura.

— Eu acreditei em você e dei a você, a ninguém mais, o meu coração. Agora estou afogada em lágrimas. Fiz o pão como aprendi quando criança: coloquei a massa sob a areia, pus fogo, espalmei areia deixando o pão límpido e saudável porque sem fermento. Fiz chá com bastante espuma e lhe esperei. Você não veio, mas eu o perdoei. Achei que os céus estavam reservando nosso encontro para uma tarde mais bonita. Eu o perdoei e o esperei no dia seguinte, quando você mandou avisar que não viria mais, que não haveria mais combinação para o casamento porque não haveria mais casamento. Vim até aqui, estou tonta e meu rosto está inchado de pranto. Por Alá, o que acontece com você?

— Não posso dizer.

— Não pode? Não quer, é isso. Não acha que sou digna ao menos de uma explicação? Pelo grande amor que tive por você, pela humilhação, não mereço a mínima consideração?

— *Sou um tuaregue, partirei todos os dias.*

— *Sei disso. Como não saberia? Também sou, não sou? Não somos da mesma família? Quando não pudermos estar juntos, olharemos as estrelas e saberemos que o outro também está sob elas, e nos encontraremos na solidão das noites. Ou melhor: nos encontraríamos, é a forma apropriada de dizer.*

— *Como posso explicar? Prefiro não me casar agora. Há algo em mim que prevê uma grande transformação, e não é para o bem, tenha certeza. Não posso evitar o assombro em seus belos olhos. Não há lugar para você, minha amada princesa, em outra vida que estou prestes a construir para mim mesmo. Sinto tanto que meu peito sangra, mas que posso fazer?*

— *O que pode fazer? É, de fato, nada pode fazer senão me presentear com o sofrimento, com a decepção. Antes nunca tivesse olhado para você. Antes tivesse nascido sem olhos, sem olhos que pudessem olhar para você e enxergar em você o amor da minha vida.*

— *Sei que sofre agora. E que não é possível prever, pois não nos é dado o conhecimento do futuro, ainda mais de um futuro que não existirá. Digo-lhe que se nos casássemos, você seria muito mais infeliz. Muito mais do que está sendo agora.*

— *Como pode roubar de mim a oportunidade de saber? Como pode me tirar o futuro ainda não vivido com suposição de que eu sofreria, se o escolhi para viver comigo todos os futuros possíveis?*

Assam Monsef vê os montes e se lembra — é uma lembrança isolada — das unhas. Tenta olhá-las, mas não vê sentido naquilo. Estão polidas e limpas, não há calos nas mãos, não há cantiga do deserto. Poderia passar aos pensamentos de tuaregue e talvez encontrasse um caminho, apesar da tempestade de areia mais terrível de todos os seus tempos. Mas prefere pensar em Zânia. Queria estar deitado agora, sonhando com ela, com a suavidade de suas curvas, a barriga um pouco saliente que a torna mais atraente, sobretudo quando dança e o olha com a malícia de quem conhece o poder que exerce sobre os homens. Porque Maiara ficou para trás — a suavidade e firmeza de Maiara —, casou-se com outro, com um primo seu, e, apesar de dizer que tinha perdoado sua escolha pelas viagens sem-fim, nunca mais o olhou nos olhos. Aquilo que vive é um pesadelo, e Zânia não está nele.

De costas para a fortaleza do chefe, com o qual trabalhou nos últimos 14 anos, desde que deixou de ser criança aos olhos do pai, só capacitado para cuidar das cabras. Nenhum erro, todas as encomendas entregues: no Marrocos, na Nigéria, na Argélia. Em anos anteriores, galgou o território árabe. Armas que vinham da Rússia, aonde nunca tinha ido, mas bastava o contato. Um dia quis saber como elas eram usadas e foi até o Paquistão; uma viagem arriscada, de avião, com passaporte falsificado, e sem permissão do grupo. Escondeu-se num fronte e viu meninos de 12 anos com as potentes AK-47, contra as tribos inimigas. Eram mirrados garotos, mas cresciam com a arma na mão, tornavam-se gigantes com o poder de fazer ameaças, de tirar vidas. Armas que ele mesmo tinha importado do gigante e frio território russo. Eram certeiras, de mira fácil. Tinha vontade de falar.

De chegar para um deles e dizer: Eu trouxe para vocês, estão gostando? Divirtam-se. Mas não; orgulhoso, satisfeito, deixou o esconderijo e voltou para a fronteira para pegar o aeroplano. Muito trabalho o esperava. Trabalho que deixava o líder, braço direito do chefe, maravilhado com tamanha competência. Mas agora, o que pode ter havido, afinal? Recebeu apenas um recado no celular: "Suma daqui e não apareça mais. Está tudo acabado." Ele teve que vir, conferir, falar pessoalmente com o chefe, que viu umas três vezes neste tempo todo, tempo que tinha o tamanho da sua vida, mas parecia um bom sujeito, sensato, homem de família, cumpridor de seus acordos. Da última vez que o viu, ele até lhe ofereceu uma tigela de figos secos. Onde terá errado? Não merece ao menos uma explicação?

O que Assam não sabe é que seus documentos não estão dentro da pasta, como julga. Descobriu isso quando Abussam vai embora e Yassuf assume o seu lugar na entrada da fortaleza. O homem, que ele sabe ser rude e cruel, desta vez chega manso, coloca o crachá de segurança de uma fábrica de tecidos que não exporta nem abastece o mercado da própria Líbia, senta-se e, como se nunca o tivesse visto, pede sua identificação, ainda que Abussam tenha lhe falado das 12 horas de espera passadas ali. À espera. Horas em vão para um homem que está prestes a descobrir que já não existe — que embora a memória o leve ao pastoreio das cabras debaixo do sol escaldante e aos carinhos da mãe na hora do jantar, em que o pai lamentava, mais uma vez, só ter tido dois filhos, e que um se fizera guerreiro e não mais ajudava no pastoreio nas montanhas, embora se recorde ainda de Zânia balançando os cabelos ondulados e deixando cair a veste para mostrar os ombros, ficando de costas e, de soslaio, sorrindo, quando ele passava, tudo é nada. Não passa de ilusão cerebral, pois ele não existe, jamais pisou os pés no deserto nem em aeroportos para buscar encomendas. Ele, Assam, não tem documentos.

— Sinto muito, é norma da fábrica. Sem identificação, não posso anunciá-lo, senhor.

— Não sei como aconteceu. Estou sempre com os documentos e algum moleque deve tê-los roubado, achando que a carteira tinha dinheiro. Mas o chefe me conhece, já nos falamos. Diga que é Assam. Apenas isso. Ele sabe. Essa câmera aí não manda a imagem do meu rosto lá para dentro? Apenas peça que ele olhe, ou ele ou o líder. Eles me conhecem, por Alá, eu estou lhe pedindo, homem.

— Está bem, já que insiste. Vou telefonar e ver se ele pode recebê-lo. — A voz solícita do segurança só pode ser um blefe. Uma armadilha. Não ficou ali por metade do dia argumentando com Abussam, com quem jogou bolinha de gude quando eram meninos ou espiando, juntos, os banhos de Niácara, à toa. Não deveria ter esperanças.

Mas Yassuf, como se cumprisse uma tarefa árdua, executada a contragosto, mas absolutamente necessária ao cumprimento do seu dever de cão farejador, disca quatro dígitos, diz duas palavras e entrega o aparelho a Assam para que ele mesmo ouça. A voz do outro lado é afônica, como que vinda de um poço abafado, mas os dizeres são claros e não deixam dúvida. Senhor o quê? Não conhecemos ninguém com este nome e não temos negócios com armas, se é o que está insinuando. Um absurdo imperdoável. Não insista, senhor. Somos uma honesta fábrica de tecidos de algodão e sua presença na portaria está nos incomodando. Por favor, tenha a bondade de se retirar e não volte mais. Não é bem-vindo nem como cliente, está entendido?

Ele observa que um russo do grupo com o qual manteve contato nestes 14 anos entra pela porta lateral. Sempre o viu, no mercado de Trípoli, e com ele negociava, embora nunca tenham olhado nos olhos um do outro, feito um cumprimento — pois em que língua seria? Não tinha pensado nisso. Depois de o Exército dar adeus aos anos de farrapos, desnutrição, bebedeira e suicídios, a Rússia saía do estado de letargia e já atemorizava o mundo, com os disparos dos mísseis Bulava e Topol-4, para os quais não há sistema de defesa. Agora, entrando na falsa fábrica de tecidos pela porta lateral, o russo parece mais velho, ainda que Assam o tenha visto a maior parte das vezes de costas, andando ao longe, recolhendo as malas de dinheiro deixadas nas barracas de CDs e DVDs piratas. O russo sabe que seu país retomou os voos para o Grande Norte e por isso anda ereto, bem-vestido como nunca, diferente de quando começou aquele comércio, nos anos de Brejnev. Os preços das metralhadoras e submetralhadoras subiram há dois anos porque o país estava seguro de si e seu poder de fogo tornava-se, novamente, impressionante.

Assam resolve desistir, por ora. Não agradece ao segurança. Apenas recolhe sua pasta, que deixou no chão, pega as chaves do carro no bolso. Desolado, dá a partida no motor. A garrafa de água mineral está vazia, e seria possível lembrar-se novamente do violino que Zânia tocava, mas tem que seguir.

Não sabe para onde. Não sabe o que pensar, mas está longe de perder as esperanças de que tudo volte ao normal já amanhã, de que receberá um telefonema de número inexistente. Uma nova encomenda. Tudo voltará a ser como antes. Mas não pode saber o que o aguarda a apenas dois quilômetros dali. Está indo em direção a Ghat, deixando a cidade bizantina e seu perfume de azeite. Dirige mantendo velocidade cautelosa, como sempre faz para evitar encrencas, mas aparece um veículo da polícia fazendo sinal para que ele pare. Ele estremece, como nunca antes. Antes, quando tudo funcionava orquestralmente em sua vida, passava tranquilo por postos de fiscalização, seguro de que tudo estava em seu lugar e de que era impossível descobrirem seu verdadeiro ofício. Sabe que agora alguma coisa não vai bem, algum nó foi dado em um ponto da veste que ele não pode ver. Tampouco desatar. Há problemas. Assam para o carro. Um dos policiais desce, dá boa-tarde, pede os documentos. Ele abre o porta-luvas e não encontra papel algum. Volta a olhar na carteira, mas ela está vazia. Fica acabrunhado, sente o rosto enrubescer.

— Senhor policial, vou dizer a verdade, eu não estou com os documentos do carro nem com a carteira de motorista. Mas se puder me acompanhar até em casa, em Sabratha, onde vive meu pai, posso mostrá-los.

— Sabratha? Mas fica a várias horas daqui. Acha que a polícia de seu país não tem mais o que fazer? E que tipo de homem é você que, nesta idade, ainda precisa recorrer ao velho pai? O senhor me apresente agora os documentos, seus e do carro, ou vou ter que apreender o veículo.

A sentença soa como se tivesse sido escrita havia muito tempo. Não uma sentença genérica, de manuais ou códigos de trânsito que sirvam para todo e qualquer motorista em território nacional. Mas como se fosse dirigida apenas a ele, a Assam Monsef, neste dia em que perdeu um carregamento na capital, que não lhe foi entregue pelo mesmo homem que o fez quinzenalmente nos últimos oito anos, e sequer foi recebido pelo pessoal do chefe para oferecer ou receber explicações sobre o ocorrido. "Um dia daqueles", é o que ele pensa. Na verdade, é mais do que isso: o dia em que deixará de existir.

O carro é apreendido pouco depois de Assam tentar reagir e atirar no policial: mal saca a arma, um outro homem da polícia, à paisana, que estava à espreita do outro lado do veículo, o surpreende. É, então, preso, jogado numa cadeia de outra aldeia, onde passará os próximos quarenta anos, sem nunca receber uma única visita, nem sequer do irmão, que nunca chega a saber o que foi feito dele, nem de Zânia, que estava pronta para se casar e fica desapontada com o seu sumiço. Seu julgamento, sempre lhe dizem quando pergunta, será marcado para o mês seguinte, mas, sem documentos, ele não conseguiu um defensor, o que sempre adia o júri.

No tempo em que vivia em tendas de tecido, sempre com abertura para o sul, seu pai cuidava da criação de cabras e era um agricultor bastante ativo. Nos oásis que encontrou ao longo da vida de setenta anos, plantou algodão, arroz e trigo, mas também experimentou o limoeiro quando ficava por mais tempo num mesmo lugar. A mãe produzia a *lagmi* e o *dejumar*, bebida e comida feitas da palmeira. Não havia lugar, mas a família estava lá, onde estivesse, até o momento em que a vida se abria longa demais para o alcance dos laços. Foi além de onde seu povo costuma ir. Não só deixou a família, como deixou de ser tuaregue, acreditando no que poderia alcançar. Tanto esforço para um dia, um dia sem azul e sem ingenuidade, acabar assim: não mais o nômade que singrava o deserto; prisioneiro, e não de um rigoroso esquema de tráfico, mas de quatro paredes ásperas das quais não poderia escapar nunca mais. Assam não leva um só tiro. Não é morto pelas armas que traficava, nem por outras quaisquer. Ele simplesmente deixa de existir. Não morre: para de reger a orquestra.

No Rio de Janeiro

As coisas seguiam como planejadas. Os móveis escolhidos na loja seriam entregues em vinte dias, o emprego de vendedor de seguros num escritório em bairro de classe média parecia bastante plausível, a carteira forjava quatro anos de experiência, 120 mil dólares na conta de investimentos de Alana. Nenhum rastro que pudesse comprometer "os manos", até o dia em que Vicente P. de Morais perde as chaves. Durante duas semanas tenta em vão entrar em casa, na rua em que se lembra de ter passado incontáveis vezes, carregando a maleta com a pistola. Não consegue entrar naquela que é sua casa. Ou foi. Porque começa a pensar que talvez o problema não esteja nos chaveiros que chamou, mas na memória. Um lapso proveniente de um súbito mal de Parkinson? Terá se enganado de bairro? Pois tudo parecia tão igual, exceto pelo fato de que os vizinhos, a quem busca por socorro, não o reconhecem. Era sempre a mesma meia-lua ou quando chegava cedo, o sol escaldante da região tropical. Mas as nuvens, estas poderiam ser outras. Que compromisso têm as nuvens com qualquer lugar? E o lugar? Que garantia tinha de estar com ele ali, quando quisesse? Talvez eu não tenha estes direitos, pensa, enquanto tira os sapatos e coloca os pés na terra ao redor da árvore. Por poucos segundos sente o solo como antigamente sentia, a energia da terra. Fecha os olhos. Quando era criança e sentia choques ao tocar uma pessoa, o pai lhe recomendava que fizesse aquilo: colocasse os pés diretamente na terra. Os choques cessavam, é fato. Mas aquilo ali, aquilo tudo não está acontecendo. Não pode. Primeiro os documentos, depois os conhecidos, agora a própria casa. Como se nada pertencesse a ele, nada fosse nem tivesse sido seu durante os seus 35 anos de vida.

É o décimo primeiro dia em que tenta entrar na casa. Sente-se ridículo, e é como se não fosse quem foi nos últimos vinte anos: um homem perspicaz, alguém que não errava, que sabia o que queria e que, com a lei da atração em mente, executava os serviços contratados sem erro. Mas agora, nenhum chaveiro conseguia resolver o problema, pois as trocas duravam os exatos dez segundos do teste e, quando o homem ia embora com sua caixa de ferramentas, ele já não conseguia abrir a porta, e era impressionante que nunca a deixassem aberta, o que seria lógico, já que ele os chamava por não conseguir entrar em casa. Pensa em conchavo. Ou o mundo mudou de dimensão, mas isso é coisa de filme, não acontece. Ele se irrita com a situação, mas não pode simplesmente atirar na fechadura, pois seu disfarce iria por água abaixo. Há sempre pessoas passando, uma lanchonete e uma pet shop bem em frente, uma escola infantil do lado direito, uma clínica médica no lado esquerdo, frequentada por engessados.

É a terceira vez que chama o mesmo chaveiro, que pede para ver um documento de propriedade do imóvel, já desconfiado: não quer ser cúmplice num provável arrombamento. Ele não tem.

— Não ando com escritura de casa. Você anda com a sua por aí? A escritura do seu imóvel?

— Não, claro que não. Mas o senhor vai ter que concordar comigo que é bem estranho. Os vizinhos dizem que nunca viram o senhor por aqui. Que o dono da casa sumiu faz mais de duas semanas.

— *Eu* sou o dono da casa. Quer, por favor, fazer o seu trabalho? Eu estou pagando, não estou?

O chaveiro se rende, cansado demais para argumentar. Volta às ferramentas, respira fundo, extrai a fechadura, ainda nova em folha. Minutos depois já implantou outra, com duas chaves, uma de reserva. Experimenta. Está tudo certo. Entrega o molho ao homem, cujo nome não lembra. Sai, disposto a não voltar mais àquela casa, alegando em voz alta que há alguma bruxaria naquele lugar.

O homem, mais uma vez, não consegue abrir a porta. Presenciou, vendo, com os próprios olhos, a troca da fechadura. Não pode ser, aquelas chaves, que há pouco abriram a porta, agora são totalmente estranhas ao dispositivo. Não adianta chamar o chaveiro de volta, pois tudo aconteceria como das outras vezes. Senta-se diante da porta, apertando contra o peito a mala com a pistola. Pensa em quebrar os vidros das janelas para entrar, mas nem quer se lembrar do que aconteceu quando, da outra vez, tentou isso. Ele mesmo colocou os alarmes. Vai pensar em alguma outra coisa. Agora, é preciso sair dali, pois corre perigo. Quem quer que esteja por trás desta macabra operação para deixá-lo fora de casa tem intenções funestas para a sua vida. Para onde pode ir sem qualquer documento? Mesmo os falsificados, todos desapareceram, mas pensando melhor ainda há uma esperança, não vai desistir assim: bem no Complexo do Alemão, onde agia, fica o falsário Bank.

Não sabe seu nome, claro, ninguém sabe. Bank é um homem mais velho, sobrevive num mundo em que chegar livre aos 60 é uma grande conquista. Da primeira vez que o viu, chamou sua atenção o olhar absolutamente silencioso, escondido nos óculos e na arrogância quieta de um dominador da técnica de falsificar documentos. Irá a Belo Horizonte daqui a três dias executar dois assassinatos. Encontra-se num apartamento minúsculo mas bem-arrumado, com poltronas de couro preto; age como se fosse um executivo. Na sala de Bank, há, emoldurada, uma foto de Leonard Kaczmarkiewicz, o industrial que apesar de polonês deu o nome ao lugar: era conhecido como Alemão. O que resta do local é um complexo que não fabrica produtos em série, mas distribui drogas e alimenta o crime organizado no Rio. A organização para o vício e para a morte.

A encomenda foi feita pelo chefe, de dentro do presídio Ary Franco, por meio de um agente que também mora no Alemão, mas bem na entrada. Ele não vai viajar com o mesmo rosto, o mesmo nome. É profissional. O problema em Belo Horizonte é com vendedores de crack, gente que, sendo pequena, começa a pensar grande. Na capital de Minas, os bandos são bem diluídos e estão no morro do Papagaio, na

Pedreira, na Cabana do Pai Tomaz, no Ribeiro de Abreu, em tantos outros lugares. Mas apareceu um sujeito com um comparsa que já age em três favelas e contrata para vender na cracolândia, onde o movimento anda fraco depois de operações da PM. Os dois querem voltar com a venda de droga naquele lugar para desviar a atenção da polícia em torno da organização que estão começando. Já compraram dois barracos na Pedreira.

O trabalho — e para isso ele, Vicente, tinha sido contratado — é acabar com a alegria daqueles líderes, pois os chefes do tráfico no Rio não estão gostando nada da ideia de uma facção criminosa em Belo Horizonte. Afinal, vem de lá boa parte da cocaína refinada em laboratórios da região metropolitana e, se as vendas em Minas passarem a um esquema organizado, a situação vai se complicar, e os preços podem subir, até. Não interessa, é melhor o comércio desorganizado. Os chefões do Rio preferem que as coisas por lá fiquem mesmo nas mãos de muitos distribuidores sem poder de fogo. Não querem uma liderança naquela cidade. Então, contrataram Vicente, matador nato, com mais de trinta crimes qualificados nas costas. Tocaiar e passar fogo nos pretensos líderes de Belo Horizonte. Fácil, só executar, pois as vítimas já foram identificadas.

Mas tudo vai por terra quando Bank, fingindo não conhecê-lo, diz que há um grande engano ali, que ele não mexe com falsificação de documentos e que, tem certeza, nunca o viu antes. Nem ali, no Alemão, nem em lugar algum. E pede que se retire, pois espera um coronel da PM para um jogo de xadrez. Irreal como a história dos chaveiros. Vicente vê o chão desaparecer sob seus pés. Encara o homem à sua frente, o cabelo grisalho acima das orelhas meio pontudas, a fala mansa, nenhum sorriso de malícia, mas a frase ressoando como sentença de morte. Diante da insistência de Vicente, as palavras decisivas:

— É melhor deixar a minha casa. Não tenho medo, não, viu? Pode até me dizer que já matou, já esfolou, já fez e aconteceu. Mas comigo, não, que tenho meus amigos, tá entendendo? Qualquer movimento, eles metem fogo agora mesmo, tá sabendo, mano? Estão bem aí, nas suas costas, mano. Se vira e dá o fora.

Foi com a morte da mãe e das duas irmãs numa emboscada no morro da Providência, quando a polícia entrou atirando para desbancar um vendedor que se recusava a pagar mesada porque os negócios não iam tão bem, que Vicente decidiu adentrar no mundo do crime. Mas não seria um distribuidor de buchinhas de maconha. Tinha já seus 15 anos e até então tentara estudar, um ou outro roubozinho no Centro com uma 38 emprestada, mas mantinha o propósito de ser engenheiro e motivo de orgulho para a mãe. As irmãs, mais novas, também estudavam, quando a escola não era fechada, ora pelo tráfico, para mandar recados à polícia, ora pela truculência dos próprios policiais, procurando meninos que pudessem ameaçar para conseguir propinas mais gordas. Mas tudo mudou depois daquele dia, dos três corpos ensanguentados que ele viu ali, quando chegava de uma pelada na praia, os vizinhos fechando as portas dos barracos; só dona Elza veio ver o que estava acontecendo:

— É isso mesmo, menino. Viver neste mundo é isso mesmo. A gente vai perdendo as pessoas que se importam com a gente. Vão morrendo todas. Fazer o quê?! Quem sabe é isso mesmo que Deus quer. Com certeza é.

— Mas assim, dona Elza, todas de uma vez? — Ele chorava, esquecido do dia em que o pai lhe dera uma surra de cinto porque tinha derramado lágrimas depois de perder uma partida de queimado para as colegas da rua. Tinha 7 anos. Desde então, se mantivera firme e aguentara tudo sem chorar: vacina, ferrão de marimbondo, chinelada da mãe, até o braço quebrado no futebol. Depois, pontapés de policial e um tiro na mão dado por um traficante que o queria na ativa.

Esse último tinha sido o mais doloroso, o mais difícil: aos 13 anos era hora de escolher um rumo, mas decidira adiar a decisão para mais tarde. Preferia ficar no meio do caminho para ver o que acontecia. Véi chegou e disse que ele tinha que sair para entregar a encomenda, atrás da igreja da Penha: cinquenta papelotes. O esquema era bem simples, viria uma mulher de jeans e blusa rosa, cabelo vermelho amarrado. Ela iria perguntar pelas verduras e ele iria entregar a sacola com alface por cima da cocaína embalada. Sem erro. Simples como fazer um dever de religião — e Véi ria, gargalhava. Mas encontrar raiz quadrada e descobrir valor do x nas operações de segundo grau eram um martírio para ele. Nunca fora bom naquela matéria. Disse que iria fugir, que não faria aquilo. Véi nem argumentou. Simplesmente tirou a arma, disse que tudo bem, que ele não precisava fazer o serviço, que tinha muitos outros meninos doidos para entrar naquele negócio, ganhar uma grana, mas que ele iria levar uma marca para o resto da vida para se lembrar que dizer não pode ser, muitas vezes, uma grande encrenca. Tirou o revólver e ali mesmo, na rua de baixo àquela em que morava com a família, ordenou que esticasse a mão direita. Ele obedeceu, apavorado com a ideia de morrer. Seria castigado por Deus, certamente, apesar da recusa em traficar, pensava. Lembrouse dos pequenos roubos, dentro da igreja mesmo, aonde ia com a mãe. Quando o senhor ao lado se ajoelhava para receber a hóstia, ele enfiava a mão no bolso do homem e, se fosse notado, fingia que havia esbarrado quando também ia se ajoelhar. A hóstia era depois da oferta, e o senhor ou senhora, suas vítimas preferidas, não se davam conta do furto da carteira. A lembrança o deixou mais apavorado, achava que era perdoável, pediria perdão na confissão do ano seguinte e nada aconteceria. Mas se entrasse para o tráfico, daria adeus ao projeto de ser engenheiro e morar em Ipanema, não teria volta, conhecia muito bem o esquema. Acontece que se Véi apertasse o gatilho contra o seu peito, como tinha visto fazer com alguns, não haveria confissão do ano seguinte. Não haveria perdão. Ainda assim, não trairia o pai, não choraria. Aguentou firme e o tiro gerou uma dor aguda, o sangue molhou a aliança de prata que tinha roubado de uma mulher de rua. Soluçou por dentro e tentou manter o braço esticado, olhando para o infinito: o morro à sua frente, o seu mundo, a sua família, o futuro que é um tempo que não chega nunca. Tentou achar um dia mais suave, além, pois em algum momento a mão pararia de doer, tinha certeza, mas não viu nada. Caiu.

Quando a mãe e as duas irmãs, Cássia e Alda, eram apenas corpos debruçados sobre poças de sangue, na casa onde moravam, costuravam e faziam dever de casa, não foi possível conter o choro. Nem se lembrou das palavras do pai. Chorou, amargurou a dor maior que a do tiro na mão. Ajoelhou-se no meio delas e berrou alto. Nem o consolo insone de dona Elza, que, enquanto falava com ele, mascava o fumo que a filha mandara de Riacho dos Machados, fazia qualquer efeito. Pensou, em voz alta e rouca, o que o mundo, afinal, esperava dele? Naqueles anos todos no fogo cruzado de policiais corruptos e bandidos cruéis havia tentado ser ao menos um pouco decente. Ainda que cometesse furtos. Mas isso era para ter algum dinheiro, não andar tão mal vestido, e calçado, como alguns colegas. E também não ser bonzinho a ponto de ouvir gozações daqueles que não escondiam ser aviõezinhos e ter planos de chegar a donos de bocas de fumo. Naquele momento ali, com a família dizimada, teve consciência do que esperavam dele: nada. O mundo se formara e se movimentava agora, fizesse sol ou chuva, sempre sem ele. Sem importar o que ele pensava, o que queria, o que sentia. Estava só, e não havia piedade. Se Deus existisse e se preocupasse com ele, pensou, jamais teria permitido que se tornasse um ladrãozinho de bolso de velhos na igreja. Lembrou que o pai ainda vivia, numa cidade pequena, mas desejou que não existisse mais. Estava só, era assim que se sentia. Chorou até secar as lágrimas. Explodiu, vomitou sua dor. Para finalmente escolher, sem qualquer interferência, o caminho que iria seguir.

Muita coisa ficaria para trás. A primeira foi o grupo de hip-hop, a contestação manifestada pela arte, os conflitos externados pela música. Apesar dos pequenos delitos, que todos ali reprovavam, era um membro, sabia dança de rua, malabares perpendiculares ao chão, também um pouco do rap, as letras registrando o que se passava ali, na favela, o caveirão, as matanças e a dignidade de tantos que viviam no lugar. Outra coisa que deixaria seria a escola, que frequentava com dificuldade, mas pelo menos três vezes na semana. A lembrança do pai, as brincadeiras nos becos, as peladas com os colegas da rua, tudo isso ficaria para trás, e não era muita coisa, pensou. Era uma vida pela metade. Não era coisa alguma.

Levantou-se enquanto homens do rabecão começavam a embrulhar os corpos da mãe e das irmãs. Olhou para elas pela última vez. Limpou o rosto nas costas das mãos, uma delas com a profunda cicatriz de dois anos. Decidiu, naquele momento, que iria fazer diferença no mundo. Que trabalharia para os poderosos, sim, mas não simplesmente para entregar encomendas a senhoras viciadas da classe média com seus cabelos vermelhos e carros importados. Iria além. Seria importante. Um executor. Sim, se havia tantos que precisavam morrer para que a máquina continuasse funcionando, iriam precisar dele. Dos seus valiosos serviços. Porque seria o melhor. E nem aquela cicatriz na mão direita atrapalharia o manuseio da arma, a única coisa que compraria com o dinheiro da mãe que estava guardado na gaveta da máquina de costura. Pegou o pacote e saiu.

Em Angola

Um menino vai devagar. Uma mulher, alguns metros atrás, vai cambaleando. Arrasta uma perna, o pé perdido em mina. Leva um violino amarrado às costas, e o menino, uma lagartixa dentro de uma caixa de fósforos. Três dias depois de iniciada a travessia, chegam ao hotel em Luanda, mas ainda não pedem um copo d'água. Esperam. Tentam respirar. Pensam se não seriam mais bem recebidos no mercado, onde há muitos como eles, e poderiam vender o violino, diz a mulher, enquanto o menino argumenta que a lagartixa faria muito sucesso, pois é ensinada, e eles não precisariam vender nada do que trazem. Nada, nem o violino, nem a pequena bolsa com duas mudas de roupa de cada um, a única escova de dentes, a garrafa de plástico. Talvez desse para comprar um prato de muambo de galinha. Mas o padrinho do menino trabalha no hotel e disse que eles poderiam vir, que haveria trabalho para ambos. Então, no momento em que ainda recuperam o ar, eles, o menino e a mulher, percebem o tumulto à porta do edifício, um dos mais modernos da cidade.

A mulher deveria usar óculos, mas os perdeu havia muitos anos, por isso não vê bem o rosto dos dois porteiros discutindo com um homem todo vestido de branco que tenta entrar no hotel. Ele argumenta, gesticulando, quase pulando no pescoço dos dois brutamontes. Eles estão em frente à porta giratória e não o deixam entrar. O menino percebe que será preciso usar de violência para tirar aquele homem dali, mas tem pena dele. Se fosse um assaltante, não estaria tentando entrar pela porta da frente, pensa, lembrando-se da distinção entre o bem e o mal que aprendeu com os pais e a professora. Tenta adivinhar de que lado está o homem, mas independentemente disso tem pena. Os dois aguardam a uma boa distância, temerosos de serem as próximas vítimas dos guardiões do hotel. Então, a mulher, mesmo míope, pode ver a força do soco que o porteiro da direita dá no homem de branco. Ele cai para trás, e o porteiro da esquerda desfere um pontapé na lateral da sua barriga. Se a escada estivesse bem ali, ele desceria os poucos degraus até a rua, mas há um vão, e ele agora se intimida com as ameaças verbais. Ainda caído, vira-se, pede que parem com aquilo, garante que vai embora. Finalmente, desce as escadas. É quando o menino diz que eles deveriam mesmo ter ido antes ao mercado. O carro do homem de branco está parado atrás deles, e disso eles não sabem, até que o veem, o paletó um pouco manchado com o sangue que escorreu da boca, passar por eles e desligar o alarme, abrir a porta, cair sobre o banco do motorista. Está sem ar, mas ainda pronuncia palavrões a meio som.

O menino é silencioso, mas desta vez vai até o homem e pergunta o que aconteceu. A mulher estranha a atitude do menino. O homem responde que é o dono do hotel e que um filho da puta o roubou, nos papéis, transferiu tudo, agora está sendo expulso do prédio que construiu. Já perdeu a revendedora de carros, a loja de autopeças e os outros dois pequenos hotéis em Lubango. O menino tem muita pena do homem de branco com o paletó sujo de sangue e não entende muito bem o que ele fala, pois o vocabulário do menino é composto por poucas palavras. Sabe que vive na África, que come a cada dois dias, mais ou menos; não tem ideia do que é ser dono de três hotéis, loja de carros, loja de autopeças. O que é uma loja de autopeças? Ele não pergunta. O homem xinga um pouco mais diante dos olhos nervosos da mulher, que aguarda a volta do menino para o seu lado. Quando o carro sai em disparada, o menino volta para a mãe, que já está indo no caminho do hotel e reconhece, entre os dois porteiros, o padrinho do menino. Ao menos terão emprego, pensa, cambaleando, em parte devido ao peso do violino. Que é leve, bastante leve para alguém que pese mais de 30 quilos.

Na Romênia

Diante dela, enfim, o momento. Durante três longos meses preparou a lança. Cortou a madeira, afiou o facão, desenhou o contorno. Dedicou as horas mais claras do dia ao trabalho de esculpir a arma branca. Bebeu *tzuica*, enquanto lá fora os melharucos comiam vespas e principiava o vento forte com súbita chuva. Era a *barrasca*, com o fim do outono. Não havia a aldeia para ela, apenas o objeto. Que afiava, qual instrumento musical, sozinha, em um galpão, ouvindo um criado que remexia a terra lamacenta e outro que, na cozinha, punha água para ferver. O sangue percorreria o peito, faria curvas no corpo insosso, e então tudo estaria acabado, e ela voltaria livre para casa. Tinha 43 anos e alguns admiradores de sua arte.

Acordou esta manhã leve como a pluma, por ter atravessado com saúde o tempo da preparação. Demora-se à beira do fogão — aproveitando para esquentar as costas — come pão, bebe uma tigela de vodca. A casa quieta, envolta pelo mormaço que se recusa a ultrapassar a janela. À sua frente os dois tamboretes, encostados um no outro. Sobre eles, a lança. Então deixa o calor do fogo e vai ao quarto buscar uma manta de algodão. Embrulha a lança, volta à vodca. Como finalmente concluiu seu trabalho de três meses, a bebida é mel nas entranhas e não traz lembranças. Que seriam fúteis como tanajuras. De novo, a palavra "entranhas". Tenta se desviar de um pensamento de profundidade absoluta. Só quer a sua liberdade, e a terá, agora que possui a lança. Quando envolvida no trabalho que durou não três instantes, não três luas nem três semanas, mas três meses, perguntava a si mesma se não teria medo. Naqueles instantes, agarrava-se ao seu instrumento semiacabado. Enquanto afiava, lustrava e beijava a lança, ia se preparando para usá-la. Treinou nos últimos 12 dias com afinco. Segurar firme de permeio, levá-la à altura da cabeça, o pé esquerdo à frente, concentração no objetivo, preparar o impulso, lançar. E engole mais um pedaço de pão.

Ouve os cavalos lá fora e, então, sabe que chegou o momento. Pega na cômoda de madeira de cetim, o gorro de pele. Passa a mão nos olhos para tirar os vestígios da noite bem dormida e apanha a lança sobre os tamboretes. Sai, a manhã tão recente que dá pena. Da carroça o homem lança-lhe um olhar imperceptível, quase indiferente. Agarrada à lança, ia sorrir como boba, quando lembra que nada deve. Senta-se ao lado do guia dos cavalos, balbuciando um cumprimento. A carroça avança, a princípio facilmente, e passa depois com dificuldade pela praça, onde os músicos tentam entreter meninos a meio caminho da casa da professora. Não, não gostava de tanta gente aglomerada. Atrapalham os cavalos e olham o seu instrumento escondido na manta.

Está mais pálida que qualquer outro, talvez cheire a mofo. Mas só importa que o momento vai chegando. Durante três longos meses sonhou com isso. Com o momento que vai se aproximando a cada galope dos cavalos.

Para romper o encanto do momento, um menino de embornal sujo quebra um galho de ameixeira na roda, aproveitando o movimento do veículo. Depois grita algo como "Lá vai a assombração!". Outros meninos riem. O homem estala o chicote no ar, ameaçando o menino, que vem correndo atrás da carroça. Os visitantes começam a tocar olhando para as nuvens, e a música também sobe, ignorando os arredores e os ouvidos neles presentes. Com sua lança presa aos braços, ela se volta para a frente e estufa o peito sem cobrança alguma. Não quer perder a aproximação, cada segundo deste momento de aproximação. Concebida de dentro, trabalhada com cada gota de suor, o que ela carrega é uma obra de arte sem conceitos e com valor de mercado imensurável.

Chega ao lugar e ao momento final. Desce da carroça quase sem necessidade de apoio, mas ao se ver finalmente no chão, diante da casa do Poeta, uma ligeira tontura ameaça o seu equilíbrio. Agora não há volta, mas não deseja voltar, não é isso o que a perturba. É a realização, finalmente a realização, o que a deixa atônita, pois viveu para isso os últimos noventa dias. Até ali, até aquele ponto da estrada, exatamente onde visualiza arbustos e flores amarelas com pequenos frutos cor de laranja, ela contratava para que fizessem o serviço sujo. Dali por diante, não mais dependerá de que serviçais executem as obras e depois cobrem o preço que bem entendem. Bate à porta e aguarda.

O Poeta está vestido de marrom-ferrugem, os cabelos em desalinho, o olhar intrigado com a chegada inesperada. Imediatamente, por detrás da porta semiaberta, vê o embrulho nas mãos da visitante, mas nada diz, aguardando. Mal a cumprimenta, lembra-se das tulipas que ganhou do pai, meses atrás. O Poeta pensou que se recebesse naquela manhã um presente, seria um vinho ou um livro de Liev Tolstói. Nada disso: um objeto ameaçador é o que aparece no desenlace da manta nas mãos da artista adversária! É uma lança. Uma lança e afiada com contornos tão perfeitos quanto o desenho das estrelas perdidas no céu.

Poucos minutos atrás, Dezin acordou. Lavou o rosto na bacia, comeu pães ázimos untados com azeite, saiu para ver a manhã. O fim da manhã. É dia de folga. Um em trinta dias em que não irá trabalhar. Poderia aproveitar para pescar ou nadar, mas, como sempre faz nos dias de folga, dirigiu-se ao mercado para ouvir os sons estrangeiros. A investigação não saía de sua cabeça mesmo em dias como este. A investigação é sua razão de existir; sem ela teria pouco mais sentimentos que uma estrada que conduz qualquer um a lugar determinado. À entrada do mercado estava seu cunhado Gargan, acompanhado do corcunda Italol. Dezin lembrou-se da história de Italol. Levava uma vida miúda, como muitos na aldeia. Italol era aquele que, tendo a mãe doente, trancou-a no quarto mais alto para que seus gritos não perturbassem suas ovelhas no cercado. Mais tarde, com a mãe já agonizante, levou-a para o alto do morro. Ali estaria mais perto do túmulo, e quando morresse não daria trabalho para ser enterrada. A vala já aberta, depositara a mãe ao lado, olhara o céu nublado e se retirara. Tinha que socorrer uma ovelha que quebrara a metade do casco esquerdo dianteiro ao tropeçar numa pedra. Não pôde, por isso, então, perceber a recuperação da mãe. Tendo passado fome, foi obrigada a comer mato e acabou por ingerir grande quantidade de ervas que lhe queimaram a úlcera. E foi se recuperando, a mãe de Italol, e sarou. E desceu o morro depois de nove dias. E tendo voltado para casa, matou a ovelha mais gorda do filho e chamou os meninos da aldeia para um jantar pagão. Quando Italol chegou, deu de cara com a mãe usando um vestido escarlate e anel de ônix. Então ele sorriu como raramente fazia. Teria em casa a mãe com saúde e vigor para lhe preparar o alimento e ajudar na criação das ovelhas. Tal sentimento passou como o vento do inverno pela cabeça redonda, pois apenas olhou para a mesa posta, subiu-lhe a ira. E ao saber que se tratava de sua ovelha mais gorda, berrou e amaldiçoou a mãe e, não contente, avançou sobre ela para arrancar-lhe o pescoço. Os meninos impediram o vendedor de lã de degolar a mãe. Viram isto: teriam que pôr para fora aquele homem colérico ou não teriam jantar. E eram muitos, e muito ágeis. Agora Italol morava sozinho. A mãe tinha se mudado para a casa de outro filho, numa ilha próxima, onde criava porcos.

    Ela conhecia a história de Italol, mas não era importante. Ficou à espreita por todo o resto da manhã e já a tarde ia se adentrando. Dezin voltaria para casa, sem dúvida voltaria. Não se importou com o estômago ainda vazio duas horas depois do meio-dia, não se importou com o peso da lança nem com a umidade do vento. Incomodava eram as pessoas passando e vendo-a ali como árvore. Quando o promotor chegou, ultrapassou os metros que o separavam do interior da casa, passando por ela como se não a visse. Ou visse uma árvore. Deixou aberta a porta dos fundos, por onde entrara. Tanto melhor, pensou. O ar já bem frio no meio da tarde. Dezin se surpreenderia com sua visita. Dezin, o promotor, o homem da lei na aldeia, gostava do prestígio de que gozava, sendo autoridade.

— Vim trazer-vos um presente, senhor promotor — ela diz depois que lhe abriram a porta da frente ante suas batidas.

Dezin vê a lança sendo desembrulhada. Uma lança afiada.

— Muito benfeita, tu mesmo a torneaste?

— Como não? Tenho por hábito a arte de esculpir a madeira, como sabeis. Gastei três meses na feitura desta peça. Para que ficasse tão benfeita que não houvesse hesitação quando chegasse a hora de usá-la.

Dezin sente incomum o tom da voz de Arcanda. Esta não é uma peça qualquer. De madeira, como Arcanda produz sempre; porém, pontiaguda demais. Como se o que quisesse atingir não fosse o coração a alguns palmos de profundidade, mas algo enterrado numa vala entre quatro colinas, cheirando a estanho. Pensamento besta, que tenta afastar, rindo de si mesmo, por dentro. Oferece uma caneca de vinho à consagrada escultora da aldeia, de talento respeitado e obras por vezes tão estranhas como a sensação de estar amordaçado por longas tiras de fumaça. Talvez por isso mesmo, reconhecida nas capitais. A mão branca parece avançar para pegar a caneca, mas é pura impressão, e ela recusa o vinho.

Não, não poderia beber. Qualquer desvio de atenção e poria em risco seu intento. Mas aceita o chá de funcho preparado pela nova mulher de Dezin que, tímida, volta rapidamente para o quarto. A porta dos fundos ainda aberta. Arcanda parou de frente para o promotor. Treme um pouco, mas só por dentro, julga que o promotor não percebe. Então busca assunto para desfazer a curiosidade crescente de Dezin, enquanto espera. Enquanto espera a consolidação do seu momento, do segundo momento do dia, fala da lança. Que ainda segura, embora seja um presente ao promotor, pelo que disse.

— Bem vedes que está afiada. Boa para caçar. Dela cuidei com habilidade e espero que me perdoai se falto com a modéstia. Mas eu, eu a fiz de mim mesma.

— Sendo assim, minha querida Arcanda, não me levarás a mal, mas não poderei aceitar tal presente. Deves ficar com ela, já que tanto e sincero trabalho lhe dedicastes.

— Ora, meu amigo. De que vale para mim um objeto que veio de mim? Será vossa e assim vos lembrareis de mim.

— Mas pretendes partir?

— Oh, de forma alguma. Ficarei na aldeia. Sabereis onde me encontrar.

Dezin não sabe o que é. Algo está para acontecer diante dos seus olhos. Não sabe. A ponta da lança parece embebida de um vermelho escuro, ou seria pura impressão? Vestígios de sangue são uma coisa que não se pode, ou não se deve, em tais circunstâncias, supor. Tem o reconhecimento da aldeia por ter prendido os ladrões de trigo, por ter descoberto o mercador que envenenava as ovelhas dos cinco criadores. Também vem conseguindo algum avanço no caso policial do contrabando de ópio. Mas a última frase da artista ressoa em sua mente. "Sabereis onde me encontrar" não tem sentido se a intenção dela é assassiná-lo, e se o fará ali mesmo, na sua própria casa.

Provavelmente a mulher mais rica da aldeia, Arcanda é também solitária e, por não cumprir as funções reservadas às mulheres do lugar, por ter conseguido viver como homem, desperta desprezo, curiosidade e inveja. Tem dinheiro para fartas compras no mercado ou para contratar mais um criado, o que é inconcebível para quase todos na aldeia. Mas prefere o recolhimento e mora distante dos familiares, que foram para a capital do país. Poucas vezes ele a viu na praça a apreciar o concerto dos flautistas. Na igreja não aparece jamais. No mercado, vez ou outra.

Ele percebe que a escultora olha fixo para a porta dos fundos. Se a lança é um presente, por que não a entrega? Antes, parece agarrar-se a ela como ao último suspiro.

Então o corpo de Dezin estremece. Arcanda enche de ar os pulmões para esfriar o sangue. Tira do bolso a poção venenosa e unta rapidamente a ponta da lança. Do seu lado, o promotor parece ensaiar um movimento, mas está fora do quadro. Ergue a lança. Seu corpo franzino tomava nova figura, e torna-se um urso branco adulto, com a poderosa arma sobre a cabeça. Pé esquerdo à frente, concentra a energia mental no peito de Dezin, que já imagina a lança da escultora envernizada com rancor e ódio cravar seu coração ainda jovem. Cairá sobre o tapete, tola reação, e antes gritará. Mas a poucos instantes de surgir o segundo momento que Arcanda esperava, a segunda obra do dia, que modelou com tamanho esmero, surge o Herói. Não se sabe de onde ele vem, não se imagina para quê. Sabe-se que chega a tempo de explicar a Arcanda que matar o promotor será dispendioso demais. O Poeta, este será velado e chorado na aldeia ainda por alguns anos, e talvez sua obra seja imortalizada, mas matar o homem que ali representa a lei trará problemas, atrairá a atenção de gente de outras localidades, outro promotor virá para investigar a morte deste, ninguém terá sossego. Qual a solução?, pergunta a artista ainda com a lança em punho, diante de um Dezin já apavorado, toda a astúcia de promotor de justiça lançada por terra. Esperava mesmo que algum dia seria enfrentado assim, só não esperava que fosse por ela, pela artista tão admirada, com quem teve um breve relacionamento anos atrás. Foi amigo de Arcanda, jogou com ela inúmeras partidas de Mancala Adi, mas agora ela é suspeita e a está investigando por manter no mercado, único da região, uma loja de fachada para o tráfico de ópio. Agora, vê sua vida poupada não pela complacência da amiga, que talhou uma lança por três meses até que pudesse erguê-la contra ele — mas se está suja de sangue, já a usou —, o único que poderia impedir o sucesso de sua empreitada, mas pela intercessão de um desconhecido, um estrangeiro que fala a língua com dificuldade, sabendo apenas o suficiente para se fazer entender. Foi por causa de um homem alto, cabelos escuros e curtos, olhos amendoados, nariz levemente torto, um estranho no lugar, que Arcanda parou com a lança sobre o ombro direito.

Um velho astrólogo chega ao porto e alerta para a entrada do regente de Escorpião na casa de Áries. Ninguém lhe dá ouvidos. Também chega o pastor, para acompanhar o enterro do Poeta. A extrema unção foi dada pelo padre, a quem poucos respeitam na aldeia, com o avanço das ideias do protestantismo. O morto é vestido e colocado no caixão. Um homem bom, morto talvez exatamente por ser bom, e poeta. O médico dita as circunstâncias da morte ao promotor, como se acrescentasse grandes revelações.

— Morreu com uma lança certeira no pescoço. Morte quase instantânea, ocorrida há duas ou três horas. A língua foi arrancada pelo menos uma hora depois da facada mortal, com o sangue já coagulado. Os outros cortes também: delineio dos cotovelos e remoção da carne das coxas e dos antebraços.

— Depois de morto, claro — acrescenta Dezin. E depois, com ironia: — Então não foi esculpido em vida, hein?

— Esculpido? Então você tem uma tese? — E o médico se afasta, percebendo que seu trabalho ali terminou.

— Foi cortado pela faca depois que uma lança lhe furou o pescoço? Então, há crueldade. Não só intenção de eliminar, de matar, mas uma crueldade no ato. Uma arte. O assassinato como uma forma de arte. — Agora o promotor fala para si mesmo.

É só um disfarce, a sua presença ali. Para que ninguém desconfie de nada. Nesta noite, em que Dezin deveria ter começado a investigar a morte do Poeta, depois de ter descoberto que um serviçal de Arcanda esconde o ópio no interior das caixas de ferramentas que encomenda, ele para os trabalhos. Soube há quatro dias que as obras de arte seguem para o continente asiático e que o esquema vem dos tempos em que a artista apenas começava seu ofício, aprendendo a talhar a madeira. Para tudo diante da ação de Herói. Na sua posição, não há quem o queira ali, exceto morto. Os homens e as mulheres que usam o ópio para esquecer o frio o odeiam, os mercadores o temem; mesmo os religiosos, os religiosos o desprezam. A aldeia está isolada numa planície e a *barrasca* come os ossos, ainda antes do inverno. Também os que rezam devem sofrer a solidão. Aguardente para os fortes de estômago, chá quente para os fracos, nada adianta: a solidão é tamanha que remédio algum aliviará. O fogo dentro de casa é apenas por um momento, não aquece os pensamentos de morte, que durante quase todo o ano, estação após estação, percorre as mentes de todos naquele lugar. Um a um, todos pensam numa solução, mas são covardes demais para ela. Covardes demais para escolher a morte. Para suportar os dias, para fazer com que haja um dia após o outro, plantam na bifurcação que dá para a planície e pastoreiam nas montanhas próximas. Levam uma vida antiga. Veem os velhos finalmente realizando o sonho de partir, assistem à desgraça das crianças tendo o mesmo destino pobre de plantar para comer, tomar vodca trazida do norte, dançar nas noites de consagração, namorar, o que mais? Tão pouco mais. A mercadoria mais cara chegada à aldeia, que quase todos ainda podem comprar, com um pouco de sorte, é a única salvação para o espírito solitário. Sobre o novo produto, trazido este de países distantes, Dezin quase nada sabe. Intriga-o seu preço de venda. Por vir de longe, pelo mar, não deve custar pouco. Mesmo assim, no escurecer, nas conversas cortadas com a sua chegada, nos passos não identificados nas ruas antes de amanhecer, nos olhares desconfiados trocados na praça, uma impressão de que não custa tanto. Estão dispostos a pagar o que for preciso por aquele alívio. Já não se mostram pobres. As casas mal construídas deixam entrar água pelo teto, e refeições são puladas, para que possam se alimentar do novo pão para a alma. Não o querem mais por ali. O promotor não é bem-visto e será melhor que saia, vá embora, os deixe em paz.

Um jovem de 16 anos montado num cavalo vem em direção oposta, um rosto muito branco e impassível. Arcanda quer detê-lo para saber o que se passa, mas o menino não ouve o seu chamado. Parece estático, entregue aos movimentos firmes do animal sem permitir qualquer interferência. Só mais adiante apressa o trote, toma a ruela em direção ao porto, aonde chega ao cabo de um sexto de hora. Tem que abrir passagem entre os curiosos alegando ser auxiliar da Promotoria, para instantes depois lembrar que isso nada mais significa. Não há somente estivadores, parece que toda a aldeia está ali, incluindo os homens das olarias. É a chegada de um carregamento, o maior de todos. Disso Arcanda vem a saber mais tarde, porque nestes dias é melhor que se aquiete e volte para suas esculturas. Ainda que seja a verdadeira responsável por aquilo que a aldeia, afoita e feliz, consome, prefere a fama de suas esculturas.

Dezin vê tudo de longe, do alto da montanha, antes de seguir caminho. Para um lugar qualquer que não será seu lugar. Está ameaçado de morte, e, com chance de ir para longe, deixa casa, deixa mulher, deixa histórias. Os sapatos fechados se deformam nas pedras. Antes usasse sandálias, como todos, mas é o promotor. Ou foi. Está destituído pela realidade que não pode enfrentar, de que a opção da aldeia é viver na ilusão, e ele, um ser real demais para se adaptar, dever manter-se longe. Uma vontade de não se deixar enganar nunca mais, a aldeia não o quer, um caminho para o nada. A condição imposta por Herói para que continuasse vivo foi que mudasse de nome, de profissão, de convicção. Nunca saberá que esta foi uma das poucas vezes em que Herói agiu pessoalmente. Talvez pela impessoalidade da aldeia, encravada no anonimato da Romênia, talvez pela honestidade que fluía de Dezin, homem que valia a pena conhecer de perto, ainda que fosse para tirar tudo dele. Tudo, menos a vida.

Falta explicar a morte do Poeta. Por que a escultora assassinou o Poeta, se a arte de um não interferia na arte de outro? Que mal haveria nas palavras de um homem que ganhava a vida como professor e no meio da semana parava metade dos moradores para declamar versos que falavam do amor e da natureza? Se a criação de um não inibia ou desvirtuava a do outro, por que a morte por uma lança afiada e confeccionada no espaço de três meses? Dezin não terá a resposta, e, mesmo se a tiver, a quem a dará? Não há mais quem se interesse. Morrer teria sido mais produtivo. A morte traria sequência aos acontecimentos e, mais cedo ou mais tarde, o tráfico de ópio ao menos sofreria abalos. Em vez disso, ele optou covardemente pela própria vida. Que vida será? A esta pergunta, ao menos, terá resposta. Basta seguir os passos que inventa diante do espaço em branco do seu futuro.

Do alto da montanha, o último olhar. Até que, após resistir um pouco, a aldeia lá embaixo desaparece para sempre. Dezin também desaparece. Até para suas próprias sensações, diante da própria imagem no espelho que carrega no bolso, não resta mais nada do homem que um dia ele foi. A opção que fez foi pelo esquecimento.

EM BELO HORIZONTE,
EM SÃO PAULO E NO MUNDO

Está pronto para o próximo passo. Nunca mais, depois daquela noite com Mélane, pensou novamente no significado do dia em que nasceu, 25 de julho, nem teve dúvida da transformação que sofreria sua vida. Calçou as botas marrons compradas em Nova York, fez a barba, tomou o café com torradas e geleia de damasco, olhou o jardim de violetas e couves pela última vez. Por onde andará dona Leonora a esta hora? A vizinha e os netos que a visitam toda semana são as únicas pessoas que ele gosta de observar sem que o seu trabalho estivesse por ser executado. Hoje, o pequeno Arthur desenha com caneta, num caderno velho que deve ter sido da própria dona Leonora quando jovem, um homem com diversos olhos, diversas bocas, diversos pés. Está sozinho no quintal da avó. Se lhe perguntasse, se o pequeno Arthur subisse as escadas e lhe mostrasse o desenho, ele o chamaria de "o homem multiplicado". Que ideia tem uma criança de 5 anos ao desenhar um ser — pois na verdade não é um homem, tampouco uma mulher, mas um ser assexuado — com tantos olhos, bocas e pés? Será que quer dizer que ele mesmo, ainda tão pequenino, tenciona ter várias funções na vida? Pois o ouviu dizer, outro dia, ao irmão mais velho — este esquálido e sem graça, ao contrário de Arthur, gordinho e corado — que quando crescesse queria ser bombeiro, lixeiro, dentista, astronauta e professor de judô.

Esteve sozinho na decisão, apesar dos homens do tráfico oferecendo dinheiro e proteção absoluta. É por ele mesmo que mudará um rumo que segue há 24 anos e que se mostrou, até hoje, perfeito. Sempre, sempre perfeito, com a precisão das artes marciais. Mas um acontecimento o obriga a mudar esse rumo, a seguir em outra direção.

Antes, não havia sangue. Eram viagens de trem, avião ou carro, expectativa, trabalho duro em cartórios, os mais modernos programas de computador, anulações de certidão, notas fiscais destruídas na origem. Tudo com inteligência e instrumentação. Assistentes contratados para um trabalho tão sigiloso que nunca souberam do que se tratava. Agora, depois de passar por treinamento com Jó, vai deixar o apart-hotel na avenida Paulista, os jantares no La Traviatta, os encontros com Leandra em países diversos, onde ela segue os passos de escritores que admira. Todos mortos. Um dia ele lhe perguntou por que não se interessava por literatos vivos, com os quais pudesse conversar, trocar impressões sobre a escrita. "Não há total consciência antes da morte. Ainda que eu não possa falar com eles, ao lê-los e ao pesquisar sobre suas vidas, sei que eles sabem, agora, ainda mais do que quando escreveram suas obras-primas. É uma sensação de estar lidando com gênios que, neste momento, no agora que agarramos com a pretensão de domínio, estão acima de tudo o que escreveram. Com certeza, a morte é diferente de tudo o que pensamos sobre ela. É a única superação real." Ele não entendia os argumentos da mulher que desejava, mas deixava que ela falasse enquanto tomava seu martíni seco e beliscava queijos e salaminhos de soja. Estava traduzindo Sylvia Plath.

Noites úmidas em São Paulo. As unhas pintadas em cores claras, as joias que usa são discretas, as roupas seguem uma moda de estilo básico com tendências sofisticadas. Leandra é assim, suave, intelectual, disponível quando está na cidade. O trabalho que a ocupa são traduções que faz do russo, do francês e, eventualmente, do inglês. Mas não precisa de dinheiro porque o pai ainda a banca. O que ela diria do passo que ele está por dar, que será nesta mesma tarde? Decide, antes de sair de casa, ligar para ela. Não vai dizer nada, mas será uma espécie de despedida a uma vida que incluía a mulher com quem saía, cumprindo rituais de um homem comum, programador, 42 anos. Não aquele que dormiu com Mélane, num hotel em Santos, e acordou disposto a modificar tudo.

— Está em São Paulo?

— Estou, terminando uns poemas de Boris Vian, um poeta francês pouco conhecido no Brasil. Você com certeza nunca ouviu falar, mas é porque pouca gente ouviu falar, não é que você não seja... Posso recitar?

— Claro, eu já esperava que você pedisse.

— Chama-se "Tudo foi dito cem vezes".

— Bom título. Também penso assim, às vezes, que tudo já foi dito não sei quantas vezes. Cem, mil vezes, sei lá.

— "Tudo foi dito cem vezes / E muito melhor que por mim / Portanto, quando escrevo versos / É porque isso me diverte / É porque isso me diverte / É porque isso me diverte e cago-vos na tromba."

— Parece bom. Quem é o cara?

— Quem *foi*. Morreu em 1959, aos 39 anos. Nasceu em Ville d'Avray e aos 8 anos lia Moliére e Maupassant, também Racine e Corneille. Foi engenheiro mecânico e tocava trompete.

— Claro que morreu, que pergunta a minha, você não se interessa pelos vivos. Morrer antes dos 50, eu acho, é deixar uma dívida. Mas essas coisas valem, claro, pra quem tem um nome de família a zelar. Eu, felizmente, não tenho que honrar uma, sou livre.

— Isso quer dizer o quê? Que você pode morrer antes dos 50?

— Não, acho que não quero isso. Imagina quantas noites com você eu perderia!

— Ah, muito engraçado, mas, pra dizer a verdade, estou com um pouco de dor nas costas, e isso é uma coisa que os poetas não sabem, que nos dão dor nas costas as traduções. Vontade de caminhar um instante. Vamos ao Parque da Luz? Tem exposição nova na Pinacoteca, o que acha? Depois... Ah, já está você aí rindo de mim, como sempre.

— Não, eu estava pensando a mesma coisa. Fazer passeios culturais com você me dá uma baita excitação, meu sonho. Acontece que, bom, não vai dar mesmo. Tenho compromissos de tarde. Inadiáveis.

— Compromissos, pois sim. De programador ou de agente da CIA? É, porque não sei se você é investigador da Civil ou delator da Federal. Mas que não é só um programador, isso não é. Que coisa estranha.

— O que é estranho?

— Você ligar e não ser pra marcar um encontro. O que há?

— Nada. Mas vai haver. Só que não posso, não vou dizer pra você. Sabe que não importa.

— Está bem, não importa, como sempre. Sabe que eu gosto de ficar com você. Teu cheiro, teu jeito de me tratar depois do sexo. Você chega perto de ser especial. Ih, é só uma piada.

— Não brinca! É mesmo uma piada? Olha, pra dizer a verdade, eu só queria ouvir, ouvir sua voz, meu sonho. Sem ser piegas, hein? Longe disso, tá?

— Nossa, está sendo piegas, sim. O que você vai fazer é assim tão forte, tão importante?

— É. É fundamental.

— Então vai mudar alguma coisa entre nós dois?

— Se não entre nós dois, ao menos em mim. Pra sempre.

— Se não muda nada entre nós, não tem importância pra mim. Então, a gente vai ou não se ver hoje?

— Mais tarde? Pode ser bem mais tarde? Depois das 11?

— Humm. Tão tarde assim? Me liga de novo, então. De repente saio com o pessoal da pós primeiro. Aí você me pega em algum lugar. Tá bem assim?

— É que eu vou ao Rio. Não me espere. Talvez eu não consiga voltar hoje. — Disse isso não pelo tempo ou pela distância, mas pelo que será dele após esta tarde. Pelo que vai restar de si mesmo. Até este momento, pessoas perdiam as referências de suas próprias vidas. Agora, depois de uma noite com Mélane, sabe que não pode continuar no mesmo papel.

Mais assombroso que existir seria amar, e amar alguém como Leandra, do tipo que não precisa ser bonita para agradar, que tem a pele limpa e o olhar sempre amistoso. A caminho do aeroporto, para diante do quadro e contempla: a galeria está vazia, mal foi aberta. Apenas duas recepcionistas, bem penteadas e de uniforme azul, o observam por alguns segundos, voltando, depois, à leitura do catálogo. Muitas coisas ficaram para trás nesses 42 anos de vida. Outras sequer foram pensadas, exceto no vago desejo restrito à imaginação, sem ações que pudessem ao menos ter significado tentativas. O que mais poderia ter tentado pela manhã? Jogar golfe na Alemanha com os executivos? Viajar até Viena para procurar um livro raro e presentear Leandra? Ir a Belo Horizonte e espionar a família, ou o que restava dela? Para quê? Para ser novamente moldado, como foi até os 9 anos? Lembra-se de sua história, que não vai contar a ninguém. Contou-a ao pintor, por e-mail anônimo, e agora contempla o quadro que ele produziu a partir do relato. Numa entrevista, a um jornal em caderno de cultura, Túlio Poblado disse ter recebido uma mensagem pela internet que lhe havia deixado ressabiado. Uma história bastante curiosa de um menino que aos 9 anos decidiu sua vida. Decidiu deixar de ser o segundo dos mais novos numa família de cinco filhos. O talvez quarto ou quinto mais inteligente na terceira série de uma escola pública considerada a melhor da cidade de mais de 2 milhões de habitantes, no segundo estado mais populoso do país. Decidiu que aquela medalha de xadrez que havia ganho, depois de ter ajudado o time de voleibol a perder de forma vergonhosa para o da segunda série, deixaria de existir — que a família deixaria de existir. Não seria mais nada do que se esperava dele, apenas uma nuvem branca. Nem triste nem alegre na sua ausência de forma. Uma nuvem. Era esta a sua decisão. O primeiro passo foi fugir de casa. O segundo, encontrar um esconderijo. Deixar de estudar, de jogar bola, de pensar naquela menina loira de olhos esverdeados que parecia um pequeno porém belo demônio em seus 11 anos, que se multiplicavam quando olhava para ele, o terceiro mais alto da sala, mochila preta, tênis de marca, pois a família tinha uma loja de material esportivo na avenida Afonso Pena. Mas havia um problema: apenas quatro horas após a fuga, que se deu num sábado e que, portanto, a escola não notaria, começou a sentir fome. Estava na beira da praça onde havia uma estação de metrô, um ponto turístico na cidade, vendo adultos e crianças de outras cidades achando graça naquelas antigas locomotivas. Não tinha levado dinheiro. Estava com fome. O que fazer? Voltar e dizer à mãe que só tinha ido à casa do Carlos? Que se esquecera de avisar, e aí, com a cara mais lavada do mundo, perguntar se o almoço estava pronto? Decidiu que não. Três anos depois soube o significado do dia 25 de julho, o dia do seu aniversário. Que os maias, no México, haviam criado um calendário genial. Matemática e astronomia eram as áreas de grande conhecimento daqueles índios. E dentro desse genial calendário, havia um dia fora do tempo. Um dia que não entrava na conta. Era justamente o do seu aniversário: 25 de julho. Decidiu, então, que seria um homem fora do tempo. Fora do lugar, do espaço. Não uma sombra no mundo, mais do que isso. Ou menos. Nada. Seria alguém nulo. Olharia o mundo de algum ponto bem acima. Não viveria nele. Não seria como os meninos que vão à escola, começam a namorar, fazem pequenos trabalhos para a família, sonham ser velozes corredores de Fórmula 1 ou ricos jogadores de futebol. Ou os adultos que trabalham, chegam nervosos em casa, estorvados, brigam com a mulher ou o marido, passam a vida inteira acumulando cursos para um currículo que não decidem para onde mandar. Nada disso faria e nada disso seria. Mas como tinha vivido até ali, se na mensagem dizia já ter passado dos 40? Como terminava esta fúria contra a vida insossa que tantos levam e da qual tantos tentam, em vão, fugir? Túlio Poblado decidiu pintar aquela história, ainda que não fizesse ideia do que havia acontecido após a decisão do menino. Apenas algumas dicas. Sobreviveu lavando carros, sempre mudando de lugar para não deixar pistas. Ajudou comerciantes do Mercado Central a carregar caixas e lá conheceu um taxista que tinha passado pela experiência de viver na rua dos arredores do comércio de queijos frescos e requeijões, pimentas, ervas, porções de fígado acebolado ou de chouriço apreciadas com cerveja gelada, até receber de um dos comerciantes um quartinho para dormir. Não, ele não podia ficar, não podia permanecer no mesmo lugar por mais de cinco dias, ainda que a atmosfera do Mercado lhe parecesse tão adequada, pela impessoalidade dos turistas que por ali passavam. Mas voltava sempre, após seis ou sete meses, quando julgava que seu rosto já havia desaparecido da memória dos carregadores de caminhão, dos donos das barracas, dos frequentadores. Apenas o taxista, um senhor de 68 anos, batia em suas costas e o chamava pelo nome que inventara, já que o moleque não lhe revelara o verdadeiro. E aí, Fidalgo, de volta, não é? Ele se assustava, media o risco que corria e, na manhã seguinte, já tinha desaparecido novamente do local.

Agora contempla o quadro pensando justamente nos riscos que correu até sentir que nada lhe aconteceria. Até ter a certeza de que estava seguro no mundo que criara. Por isso, pela segurança absoluta que sentiu, mandou aquele e-mail para o pintor, e ri, sozinho, ao ver a pintura exposta aos olhos de todos mas que só para ele tem um significado. Não imaginou que a decisão de desconstruir sua própria vida seria tão bem captada pela arte. Ou é, afinal, o personagem principal de uma bela história, ou esse pintor era realmente bom, ao ponto de, a partir de um relato impreciso, criar uma representação com cores e sombras capaz de conquistar público e crítica — o que, imagina, está para acontecer. Ele ri, discreto, sozinho, diante do quadro, como se a obra fosse sua maior façanha na vida. Uma criação que não é sua, que surgiu a partir da decisão que tomou aos 9 anos.

Mas tem que chegar ao Rio ainda nesta tarde e não pode mais perder tempo na galeria. Para a surpresa das recepcionistas, o visitante da exposição não deixa seu nome no caderno, ao sair. E ficou o tempo todo diante de um único quadro, intitulado *Ninguém em lugar algum*.

Os cactos são as plantas preferidas dela. Herói chega ao restaurante em São Petersburgo sem nada na mão porque sabe que seria gentil levar um buquê de flores, mas não encontrou um cacto tão belo quanto aqueles que ela tem em casa. Leandra está ali por causa de Tolstói. Herói está ali por causa dela. Não tem nome, senão teria feito reserva de mesa.

— Mesa reservada para Leandra Fernandez?

— Pois não, senhor. À direita, abaixo da terceira janela. Seja bem-vindo.

Leandra não parece incomodada com o fato de ter chegado antes. Ele, sim, não se perdoa por ter se demorado no hotel, na engenharia de uma missão.

— Você está linda, como sempre.

— Você está atrasado, como nunca.

— Não se zangue, meu sonho. Meu dia brilha mais que o verde-piscina desta cidade, tem mais ouro que os palacetes dos antigos reinados. Se pudesse, eu lhe daria um castelo de 1700.

O Herói é um dos três homens com quem Leandra sai regularmente, um dos dois com os quais não sonha. Mas o único que se encontra com ela em lugares como esse, tão distantes de São Paulo. Não está ali por causa dele, mas ele é uma companhia agradável e muito conveniente, pois significa proteção. Ao lado dele, sempre caminha como se estivesse no meio de um exército de guarda-costas. O Herói não dá garantias só porque anda armado e tem contatos com misteriosos líderes de tantos países. Líderes que tanto podem ser governantes, traficantes de drogas e armas, quanto diretores de multinacionais. Ele apenas se porta como o seu protetor, ainda que ela pareça acima de qualquer risco. Seu ar de inteligência matemática e emocional ao mesmo tempo dá a ela a certeza de que nada de errado vai acontecer. Por isso, desde o início ela soube que nada poderia esconder dele.

Não o ama. E isso ficou claro desde o primeiro dia, quando se conheceram na praça das Armas, em Santiago. Ela sentada no banco com casaco de couro comprado em Porto Alegre, rosto aberto e límpido, ele de terno, óculos escuros apesar da ausência de sol, misterioso. Não era a primeira vez que Herói a via. Estava ali não por acaso, mas porque ela, Leandra Fernandez, então funcionária da Secretaria de Cultura do Estado, saía em seu horário de almoço para ver a cidade e as pessoas na rua. Ele a seguira por umas cinco ou seis vezes, desde o dia em que notara sua presença diferencial num bar da rua Santo Domingo, comendo uma empanada e tomando milkshake. Não estava sozinha, mas acompanhada por um homem de rosto fino, olhos azuis e cabelos claros, que ele descobriu ser um advogado de nome Luiz. Por duas vezes a vira com ele. Em outra, com um homem grisalho, pele bronzeada, carro que valeria cerca de 100 mil dólares. Naquele dia, na praça, ela o notou sem perceber o que ele queria. Não usava roupa extravagante, ao contrário, era simples quando se arrumava nas manhãs para passar o dia entre o trabalho, o almoço, o trabalho, as aulas preparatórias para o mestrado, às vezes um jantar, um cinema ou um teatro, chegando em casa sempre por volta da meia-noite. O Herói já sabia muito sobre ela.

— Boa-tarde — ele disse, quando ela lhe dirigiu o olhar despretensioso.

— Boa-tarde — ela respondeu, um pouco assustada, pois não podia ver seu olhar, quase nada podia saber pelo seu terno tão imparcial, nem adivinhar que expressão vinha acompanhada do cumprimento.

— Desculpe se a incomodo, mas queria saber se a aspereza de Dostoiévski teria conquistado mais o leitor do que a espiritualidade de Leon Tolstói. Porque o primeiro é citado mundialmente como referência da literatura russa, enquanto o segundo, seu preferido, escreveu novelas como *Ana Karenina* e *Guerra e paz*, que são grandes sucessos, no entanto românticos demais para os críticos assaz exigentes.

Ela tremeu, segundos antes de responder, na defensiva:

— Como sabe de meu interesse por Tolstói? Quem, afinal, é você?

— Ora, estamos num país seguro, não é como no Brasil, nossa terra. Aqui se pode falar com estranhos, minha cara, e você sabe disso.

— Você não respondeu à minha pergunta. Como sabe sobre mim?

— Das aulas de mestrado, claro.

— Mas você não é meu colega. A turma é pequena, conheço todos. Nem professor você é.

— Não. Mas admiro seu amor pelo escritor. Também gosto dele, embora não tenha lido mais que alguns contos. Na verdade, não tenho tanto interesse pelos russos. Exceto pelos caminhos de um que nada tem a ver com os escritores, Boris Berezovski, um mafioso muito rico, inimigo de Vladimir Putin, que vive no Reino Unido.

— Eu admiro os russos, isto é, os escritores, apesar de detestar vodca. — Tentava uma piada? Não. E como esconder a grande paixão por Tolstói? Pelo ambiente triste e rico dos personagens que a fazia viajar para um mundo tão distante quanto fascinante. Um mundo não alegre.

É verão, e o Herói sabe o que quer. Ficar na área externa, reservada, da suíte, tomando sol de roupa, debruçado sobre o piso de cerâmica. Não pode morar em casas ou apartamentos. Só a impessoalidade dos hotéis é permitida a alguém como ele. Mas não é nisso que pensa. Tenta montar o próximo trabalho: o foco é um traficante de drogas do Peru que tem mulher em Copacabana. Lê a reportagem do *The New York Times* sobre o reconhecimento de rostos por computadores desenvolvidos por Pawan Sinhá, do Instituto de Tecnologia de Massachusetts. Pessoas veem imagens de Nossa Senhora ou de Jesus em pães e biscoitos ou na face da Lua. O cérebro procura reconhecer rostos e o cientista diz que é melhor que os veja onde não existem, que é preferível ao não reconhecimento. Querem identificar terroristas pelos rostos, pelas expressões que eles revelam. A saúde de uma pessoa também é revelada no franzir da testa, na expressão dos olhos, nos movimentos da boca. O Herói deixa a reportagem de lado. Seu trabalho é justamente o oposto: desconstruir imagens. Ele vai destruir o passado do traficante, eliminar suas relações com mundo, até que seu rosto, mesmo persistente, nada mais signifique para ninguém.

Deixa o hotel e se dirige ao aeroporto. O trabalho é executado em oito dias, depois dos quais não há cinzas de Paco Ramirez, embora ele continue vivo e possa ser útil para testemunhar num julgamento. Pode ressuscitar, mas hoje é um andarilho em Lima, a receber injeções diárias de um certo enfermeiro de centro de saúde que vai às ruas cuidar dos rejeitados e que, para isso, ganha 30 mil pesos mensais. Os efeitos do medicamento são: calvície, olhos amarelados, amnésia, perda de apetite. O enfermeiro vai receber pagamento pelo trabalho pelos próximos meses, até que não seja mais necessário. Não sabe quem o encomendou, tampouco conhece o homem em quem aplica a injeção, mas nunca terá interesse em saber nem oferecerá risco contando a alguém: tem personalidade alheia e taciturna, além de ser conhecido como um grande mentiroso.

Houve um tempo em que Herói foi casado. Francesca tinha dois filhos entrando na adolescência quando se conheceram. Uma colombiana bonita prestes a completar 33 anos, morando em Cartagena. Ele se passou por agente de viagens que, apesar de dono do escritório, preferia atuar como guia turístico. Passava a maior parte do tempo fora. Ela cuidava da casa com os filhos, fazia bolo de milho: descascar as espigas, cortar o milho e bater no liquidificador, acrescentar dois ovos, uma colher de fermento, dois copos de açúcar, uma pitada de sal, queijo ralado grosso. O gosto ficava semelhante a pamonha, que ele havia comido uma vez, acompanhando a avó, na avenida Brasil de sua cidade natal. Mas lembrança é coisa que não deixa mais intercalar ações e reflexões. Somente agora, ao ver o quadro pintado a partir do seu relato parcial, é obrigado a repassar a própria vida, mas no dia a dia não é possível ficar se lembrando do que fez ou sentiu quando menino. A vida segue, e o casamento com Francesca, usando o nome de Gustavo Capuano, foi um dos maiores erros cometidos. Também um dos mais prazerosos. Pensou que ao se casar, no interior da Colômbia, com uma dona de casa sensual e sensata — duas coisas que não costumam andar juntas — e que fazia tão poucas perguntas, estaria para sempre a salvo. Não de inimigos, que não tinha, nem dos homens a quem prestava serviços, que não temia. Mas de si mesmo, da memória, dos pensamentos. Quando a conheceu, numa viagem a trabalho em que dera uma esticada até Cartagena para espairecer um pouco depois de permanecer por semanas entre Bogotá e Medellín executando um trabalho, achou que nunca tinha visto uma mulher tão bonita como aquela. O mar, calmo, parecia desafiar o sol a pino, e as gaivotas se acotovelavam na areia. Ela usava um vestido laranja, esvoaçante, o vento da maresia levantava as mangas soltas e a saia, a um ponto não comprometedor, sem deixar ver mais que dez centímetros acima dos joelhos. Para ele, a imagem era de uma pessoa diferente. Alguém que sabia por que estava ali, ainda que não houvesse qualquer sentido prático. Olhava para o mar como se lá houvesse deixado todo o seu patrimônio, suas razões de viver, seus amores. Mas sem culpas ou remorsos. Era suave e determinada ao mesmo tempo, no olhar. No tatear as cordas do navio que estava ancorado, era ousada. No ouvir o barulho surdo das ondas, um tanto romântica. Só do respirar aquelas vidas por perto, entre pescadores, turistas, guias turísticos, observadores como ele, é que não sabia o que interpretar. O que aquele nariz altivo captava do mundo realmente não tinha como saber. A pele era bronzeada, os cabelos longos e um pouco curvos. Não era de todo magra, mas o corpo tinha uma simetria de mulher que já viveu o bastante para saber o que quer mas que é ainda jovem para aceitar talvez a prática de esportes de aventura. Ele se aproximou, falou em espanhol quase perfeito, apresentou-se como guia turístico, perguntou se estava com algum grupo.

— Grupo? Não. — Nenhum tom ressabiado na resposta, nenhuma estranheza em falar com um desconhecido.

— Então pode me ajudar, quem sabe. Sou brasileiro. Estou com um grupo do Brasil aqui. Sabe se tem... Ah, deixa pra lá. Não vou querer que me ajude. Eu faço meu trabalho.

— E eu não posso ajudá-lo mesmo. Por que não procura seus colegas de agências daqui? Só estou comprando um pouco de peixe fresco, logo ali, mas de pontos turísticos eu não entendo nada.

— Tudo bem. O que vai fazer neste almoço tão especial?

— Não é especial não, moço. Só mariscos ao forno com queijo parmesão.

— Com um bom vinho, imagine a sensação no paladar.

— Gosta de peixe?

— Se gosto? É minha predileção. Qualquer um: camarão, lagosta, salmão, surubim.

— Surubim? Eu não conheço, não é daqui, é?

— Não, de água doce. Lá do Brasil. Também tem outros: mandi, tilápia, bagre. Você ia gostar de experimentar na sua cozinha. Quem sabe um dia não vai ao São Francisco?

— São Francisco? Sair daqui? Não, eu tenho raízes aqui, moço. Não pego avião nem navio. Não deixo minha cidade por nada.

Ele acreditou. Queria acreditar que ela era assim, pura, simples, cozinhando seus peixes sabe-se lá para quem; podia ser para ele. Imaginou uma vida com ela, em Cartagena, um emprego normal, horários regulares, uma esposa que o amasse e o defendesse nas partidas de sinuca no bar, no sábado à tarde. Numa cidade daquelas, parecia ser possível algo bem próximo da felicidade. Mas o que estava pensando? Em quatro dias teria que estar em São Paulo, o celular da penitenciária já tinha tocado, a mensagem tinha sido recebida, não fugiria do compromisso. Para isso tinha se preparado por tantos anos e em tantos outros havia praticado, aperfeiçoado os métodos, descoberto caminhos cada vez mais eficientes. Não havia tempo para sonhos, mas, claro, para uma tarde ou noite de amor com mulher tão bonita, os relógios haviam de se estender. Ele resolveu lançar um desafio, sabendo que neste terreno não era tão perspicaz nem poderia oferecer garantias, muitos foras já tinha recebido. Não se achava feio, seu porte era atlético: preocupado sempre em ter fôlego para correr se necessário fosse, a saúde precisava ser de ferro. Por isso se alimentava bem, não comia açúcar nem gordura em excesso — falara a verdade com relação aos peixes, ele os preferia. Mantinha a barba feita e o cabelo bem curto, deixando realçar o rosto de traços finos, o que criava um contraste com o corpo musculoso. Os olhos castanhos, o nariz levemente torto, os dentes perfeitos, a pele de um moreno-claro, a testa com rugas ainda leves. Um homem de aparência comum, sem marca que o distinguisse, como devia ser. Se tinha charme o bastante para conquistar uma colombiana cuja roupa acompanhava a brisa nervosa do Pacífico, disso ele não tinha certeza.

Dois anos depois, quando anunciou a separação, ele ainda se lembrou daquela tarde, no porto, em que imaginou que teria ou uma vida ou algumas horas num motel com Francesca. Teve os dois, e os dois foram gratificantes. Nada aconteceu naquele mesmo dia, o do sol a pino brigando com um mar calmo, pois não teve coragem de convidá-la, temia ser ousado demais e perdê-la para sempre. Mas no dia seguinte, encontrou-a mais uma vez. Ela deveria achar que tinha sido um acaso: estava na loja de flores onde a irmã trabalhava, ele entrou. Olhou-a de soslaio. Ela estava de costas, não o tinha notado. Ele pegou um vaso de orquídeas roxas. Fingiu esbarrar em Francesca ao chegar ao caixa. Pediu desculpas sem olhá-la. Ela o reconheceu, mas ficou quieta, apenas respondeu que não tinha sido nada. Já quase na porta da loja, com o vaso na mão, ele sentiu que ela o olhava, mas que não tomaria qualquer atitude. Era interesse dele, não podia contar com ela para que o encontro se realizasse. Ele decidiu que rodeios não iriam ajudar muito e não tinha o que perder. Ou tinha? Voltou-se segurando o vaso, fingiu ter dúvida no troco que mal tinha recebido, ainda estava com os pesos colombianos na mão. Então, finalmente, olhou-a de frente, e sorriu. Colocou naquele sorriso, que raramente usava mas sabia conquistador, toda a sua energia. Ela não resistiu: sem saber por quê, sorriu de volta.

— Puxa, você acaba de me economizar uma corrida de táxi.

— Eu, uma corrida de táxi? Como assim?

— Eu ia até o porto, te levar este vaso de orquídeas. E aí está você, hein? Bem na loja de flores. Não é uma grande coincidência?

— Ia levar este vaso pra mim? Por que achava que eu estaria lá?

— Porque estava ontem nesta mesma hora. Talvez tivesse a mesma ideia hoje, de comprar peixes frescos. Além disso, onde mais eu iria procurar você? E se são frescos os peixes que você usa, tem que comprá-los todos os dias, não?

— Sim, mas nem sempre é possível. Além disso, os meninos enjoam se comem peixe mais de duas vezes na semana. Tenho que fazer ovos, e carne vermelha também.

— Os meninos? — Ele ainda tinha o vaso na mão.

— Meus filhos — Ela respondeu secamente, avaliando que tinha acabado de jogar um balde d'água fria em alguma coisa que não sabia exatamente o que era. Não havia sido sua intenção. Mas não podia recuar. Nem dizer que era divorciada, o que iria soar como uma justificativa, como dizer que está livre para ele ou outro homem que aparecesse. — Ficou no meio do caminho, sem saber o que mais dizer.

— Então, aceita estas flores? Prefiro dar um vaso a um buquê, acho que conservam mais, são mais úteis. Para enfeitar uma mesa de jantar, por exemplo. — Que tolice, pensou, se ela era casada, tinha filhos, não iriam jantar na sua casa, claro. O que, no entanto, não excluía um outro lugar.

— Claro que aceito, são lindas. — Fingiu cheirar as flores, como um gesto mecânico que evitava evidenciar diante de quem tinha acabado de conhecer. Media palavras e gestos, querendo parecer mais interessante do que se achava.

A irmã a olhava com malícia. Quis intrometer-se, pensou em dizer que poderia ficar com as crianças, mas também seria óbvio demais. Recuou e aguardou. Ele não se intimidava com situações banais, convidou-a para jantar naquele dia, e ela o surpreendeu, aceitando sem pestanejar. Marcaram o encontro para as oito, na porta do restaurante, onde não chegaram a entrar. Ao se verem sabiam ambos que acasos não existem, e ela disse que iria a outro lugar com ele, se quisesse. Ele a levou. Sabendo que teria uma noite proveitosa. Fechou a porta do quarto, pediu vinho e lagosta pelo telefone. Despiu-a com cuidado, mantendo um resto do sorriso conquistador, ainda que não precisasse mais dele. Ela estava afoita como ele. Mas gostava de parecer inerte, ao menos quando começava a fazer amor. Depois, se revelava uma amante coberta de volúpia e ardência. Ficaram duas, três, quatro horas naquele quarto, até que ele decidiu conversar um pouco, surpreso ainda com a desenvoltura de Francesca, que nada perguntara, nada pedira, exceto que ele a penetrasse, a devorasse, a fizesse gozar por tantas vezes.

— Você é casada?

— Não.

— Mas tem filhos.

— Tenho. Dois, de 10 e 11 anos. Javier e Juanito.

— Você trabalha?

— Não. Quer dizer, em casa, claro, cuidando da casa. Dos garotos.

— Como se sustenta? Como sustenta os filhos?

— O pai deles manda dinheiro suficiente todo mês. Ele é bem de vida. Tem sete imóveis alugados na cidade e uma chácara que produz laticínios. Está tudo no papel, a pensão, não tem problema.

— Não se incomoda em ser sustentada pelo ex-marido?

— Claro que não. — Agora ela olhava para ele, realmente surpresa com a pergunta. — Por que haveria?

— Sei lá, esquece. Nunca pensou em se casar de novo?

Ela sorriu, era um enigma. Ele queria conversar como se a conhecesse, mas sequer tinha investigado sua vida antes de se interessar por ela. Se ela seria sua esposa, tinha que ser natural. Ela explicou que tinha se divorciado apenas dez meses antes, não tinha tido tempo de conhecer alguém especial com quem quisesse dividir uma casa. Mas que gostava de ser mulher casada, viver para agradar a um homem que a tratasse bem, como o ex-marido a tratava. Por que se separara? Acabou o sexo, o homem havia dito, um dia, cansado de dar negativas em ir para a cama, chegando da administração da chácara e checando os documentos dos imóveis mais uma vez. Ela era uma esposa perfeita, não gastava o dinheiro dele em compras no shopping, como a primeira mulher fazia, não o enchia de perguntas quando ele chegava tarde, não reclamava de ter que cuidar dos filhos, dispensava empregadas domésticas. Mas exigia demais dele na cama. Ele não aguentava mais e, por isso, chegava cada vez mais tarde em casa. Até o dia em que resolveu se separar. Continuo sustentando você e os meninos, disse, não tem problema. Mas vou morar sozinho, cuidar dos negócios sossegado, você é uma devoradora, aposto que vai arrumar uma meia dúzia de amantes, não ligo, não, viu? Desejo boa sorte pra você e pode contar comigo pra tudo, ou melhor, quase. Só peço que não conte aos outros a verdadeira razão da separação, invente uma desculpa, diz que você conheceu alguém mais inteligente, ou, se puder, que eu a troquei por outra.

— E você conta pra todo mundo o verdadeiro motivo?
— Você não é todo mundo, é?
— E quem eu sou? Alguém que você conheceu ontem, no porto, com quem trocou algumas palavras, só isso. Por que confia em mim?

— Não disse que confiava. Que importa saber o motivo da minha separação? Ou não saber? O que quer de mim?

— Eu? Quase nada. Só uma coisinha: me casar com você, só isso.

Ele voltou dois meses depois, dizendo que tinha resolvido tudo no Brasil, nada mais o prendia ali, que estava comprando uma agência de viagens em Cartagena, um pequeno escritório, daria para sustentá-la, podia dispensar a pensão do marido. Ela não dispensou, apenas transferia o dinheiro depositado mensalmente da conta corrente para uma aplicação financeira, era para o futuro dos filhos, dizia, para a faculdade ou um negócio próprio. Quis se casar no papel, não era mulher de viver com homem se a situação não fosse legal. Ele não relutou, marcou o dia e foram ao cartório, resolveram tudo e contaram à família dela que viveriam na sua casa mesmo, era espaçosa e confortável. Ele tratava bem os meninos, embora com indiferença. Ela quis mandá-los para um colégio militar, mas já ensaiara o sofrimento que viria com a separação, o que o fez se antecipar e dissipar a ideia, eles ficariam ali mesmo, aos seus cuidados. Além disso, por vários dias na semana, ele tinha que se ausentar. Precisava viajar a outros lugares da Colômbia para levar grupos de turistas ou apenas montar pacotes que oferecia a outras agências, maiores, na capital. Ela aguardava e tinha a companhia dos filhos, que levava e buscava na escola com o carro que lhe deixara o primeiro marido. Gostava daquilo, de um homem que não estava em casa todos os dias e, por isso, não se cansava dela, do seu perfume, dos seus vestidos coloridos, da sua pele sempre bronzeada. Punha os meninos para dormir no quarto de cima, de onde não podiam ouvir a recepção esfuziante que oferecia a Gustavo quando ele chegava de viagem. Na sala mesmo, diante da porta ainda aberta, ela começava a se despir, sorria para ele abrindo um mundo que ele nunca havia habitado antes, de uma esposa dedicada, sensual e sempre bem-humorada. Não questionava se em vez de alguns dias ele ficava semanas — uma vez foi o mês inteiro — ausente. Também não estranhava se ligava para a agência e nunca havia ninguém lá. Nenhuma secretária para atender aos clientes na ausência do dono, mas antes assim, não teria com o que se preocupar. O marido era taciturno, jantava calado e quase nunca falava de trabalho em casa. Não sorria tanto quanto ela. Mas todos os dias demonstrava estar feliz com aquele casamento, com a vida sossegada e rotineira, com os pratos de peixe assado que ela fazia. Ele sempre trazia um vinho, cujos nomes ela não conhecia, mas era aperitivo para noites de amor em que pareciam ter nascido um para o outro. Nenhum dos dois discutia o casamento, fazia planos para o futuro dos meninos, queria saber o que outro havia feito. O silêncio de ambos era seu melhor diálogo. Nenhum dos dois jamais imaginou encontrar par tão formidável. Foram assim, cúmplices do silêncio um do outro, ele achando que enganá-la não o fazia menos verdadeiro na relação, ela tendo certeza de que qualquer mentira que viesse dele não a tiraria do mundo perfeito de uma dona de casa e mãe, tudo, absolutamente tudo o que queria ser. Ao final de dois anos, no entanto, ele não pôde sustentar a situação. As viagens eram penosas demais, era requisitado em lugares tão diversos do mundo que as estadias na Colômbia tornaram-se compromissos que não podia mais cumprir. Mas como deixá-la? Como abrir mão de dias e noites em que vivia como um homem comum, alguém com nome, família, até crianças ao redor, inventando brincadeiras ou tirando-as de livros que tinha lido? Como olhar para os grandes olhos cor de mel de Francesca e dizer que não voltaria mais? Que estava mentindo e não havia agência de viagem alguma, que tinha compromissos com policiais, traficantes, políticos, líderes religiosos para fazer desaparecer pessoas sem matá-las? Que aquele casamento, os dois anos passados juntos ao redor das belezas de Cartagena, tinha sido a única coisa normal que fizera desde os seus 9 anos de idade? Não, não a encararia. Faria o que sempre fizera, sairia de fininho da vida daquela mulher que era desejo e satisfação, mas com quem não podia ficar. Já tinha perdido tempo demais ali, demorado horas a fio naquela casa nem grande nem pequena, nem simples nem requintada. Uma pena, pois jamais encontraria uma mulher como aquela, poucas perguntas, nenhuma estranheza pelo fato de que ele nunca levara um amigo para jantar em casa, nunca exibira um troféu da Associação de Agentes de Viagem, nenhum evento social ao qual levar a esposa.

Pela primeira vez na vida ele vai matar. Se alguém conhecesse o seu ofício e pudesse discutir o assunto, perguntaria a ele se esse caminho, o do assassinato, não era infinitamente mais fácil e menos dispendioso que o que segue há 24 anos: percorrer cartórios, arquivos públicos, sites, adulterar contas bancárias, pagar propinas, para que sua vítima simplesmente deixe de existir ainda que permaneça viva. A resposta seria que sim, obviamente. Mas escolheu este caminho como uma arte. Por ser o único a fazer isso. Era possível anular um grande traficante, um exímio policial, uma pessoa qualquer, sem que fosse necessário acabar com sua vida. Era isso que provava para si mesmo. Se nascera num dia fora do tempo, 25 de julho, teria que ser alguém fora do mundo. Incomum teria que ser o seu ofício, e nele se especializou. Agora não, é preciso matar. Chegou o momento e dele não pode fugir. Ou pode?

Se perguntasse a Leandra, se confiasse nela. Mas escolheu não ter em quem confiar, e dessa vez não vai ser diferente, não vai modificar seu *modus operandi* agora nem nunca. Quando eliminou a vida de Assam, quando o prendeu numa cadeia imunda de uma aldeia distante, sabia que seu gesto não reduziria em nada o tráfico de armas na Líbia ou nos países vizinhos. Outros viriam assumir seu lugar, e já o tinham feito. Quem o contratou, aliás, não foram os combatentes do tráfico, mas seus próprios comparsas, pois Assam sabia demais havia tempo demais, era hora de sair de circulação. Poupou sua vida, mas nenhuma daquelas que se perdem diariamente pelas armas que Assam vendia e que estão nas mãos de assassinos escondidos atrás da filosofia de guerra. Da filosofia sempre absurda da guerra.

Quando acabou com Vicente, tinha consciência de que não estava desconstruindo o crime no morro do Alemão, nem aliviando as mortes nas favelas do Rio de Janeiro, assoladas pelo tráfico de drogas, as milícias, a polícia corrupta, os consumidores hipócritas da cocaína e do crack.

Quando fez com que Dezin, o promotor, deixasse a aldeia para sempre, aí sim, esteve do lado do mal. Abria caminho para o comércio do ópio e os desmandos discretos de Arcanda em toda a região, pois não agia somente na sua aldeia. Pensa, com gosto, que não está do lado do mal nem do lado do bem, que os maniqueístas deveriam desistir de defini-lo.

Porque nasceu no dia 25 de julho, interessou-se pelos maias e os estudou. Um povo que trouxe conhecimento de longe e que, no México, deixou apenas pegadas. Astronomia e matemática, com os calendários perfeitos. Ainda hoje ninguém consegue entender os seus enigmas. Mas era a magia de existir um dia, um dia apenas, um único intervalo entre o nascer e o pôr do sol, fora da sequência. Um dia fora do tempo. Essa ideia o fascinou, e era exatamente 25 de julho, o dia em que nascera, o dia fora do calendário perfeito dos maias. Sendo assim, ele não poderia pensar e ser como os outros, precisava atravessar o vale e encontrar o seu próprio caminho, inventando as pegadas.

Desde que criou o seu próprio destino, houve muitas ações, em diversas partes do mundo. O mundo é tão pequeno para ele, que pode visitá-lo todo em uma semana e cruzar dados em seu computador de mão, resumindo em segundos todas as grandes organizações mafiosas, assim como as maiores companhias de inteligência e de ação policial. Mas agora há um elemento novo, uma pessoa, uma simples pessoa, nem criminoso nem benfeitor, que ele precisa eliminar de forma mais eficaz. Pensa se a desconstrução é possível neste caso e avalia que não. Pela primeira vez, sente que vai precisar matar.

Não é porque já passou dos 40 anos que não pensa na mãe, nas viagens religiosas que ela fazia, como no 12 de outubro, quando ia a Aparecida de ônibus, com mulheres mais velhas que ela, e em como ela contava, sorridente, que soltava foguetes em frente à basílica. Achava que fazer peregrinação por Nossa Senhora Aparecida poderia ser uma coisa alegre, e não fervorosa e triste, como a maioria acabava por definir. Também ele fez da ação do Herói uma coisa alegre, embora não espalhafatosa como soltar foguetes, que produz estrondos e cheiro de pólvora. Seus feitos são silenciosos, e nisto reside sua astúcia. É um ser inexistente, exceto quando namora uma mulher e assume personalidade parcialmente falsa, mas não é como um disfarce, porque ele não precisa se esconder de ninguém. Ninguém o conhece. Quem o contrata jamais vê seu rosto, ouve sua voz, muito menos tem qualquer pista do seu nome. O anonimato total nas ações de desconstrução permite que ele possa ser ele mesmo, ainda que isso signifique não ser ninguém. Ou, pelo menos, ninguém que, ainda com esforço, represente um papel normal: que compra periódicos e escreve para a coluna de cartas dos leitores reclamando dos desmandos dos políticos.

Mas o Herói está a caminho do Rio de Janeiro e da realização do seu primeiro assassinato, quando, ao descer no aeroporto Santos Dumont, lembra-se de Mélane. Quer estar com ela novamente se for possível. Embora a tenha encontrado em Santos, sabe que é dia de Mélane estar na cidade maravilhosamente infestada de criminalidade. Consulta rapidamente a agenda no celular: o nome aparece indicando ligação não atendida. Não vai contar a Leandra. Não porque ela não o compreenda, pois uma coisa que sempre ressaltam é que não há entre eles nenhum pacto de fidelidade. No entanto, Leandra não pode entender Mélane, porque, apesar de sua mente tão aberta e de ter também outros namorados, dos quais ele não sente ciúmes, o caso é bem diferente. Quando amou Francesca, a mulher fogosa de Cartagena, foi como se estivesse de férias de sua própria vida. Deixou-se levar pela paixão daquela mulher, ainda que nem por um dia tenha se desviado do caminho que escolheu para si mesmo.

Quando encontra Mélane no bar em Copacabana, a tarde ameaça despencar, mas ele acha que ainda tem muito tempo, que este será um dos dias mais compridos que já viveu. A mulher diz que quer ir logo para o apartamento que alugou, que está excitada desde o telefonema, que não há nada a fazer no bar, já que bebida tem em casa e que petiscos eles podem levar dali, se ele faz questão. Herói diz que não, que também quer seguir diretamente para o apartamento, que quer amá-la como se amaram em Santos há uma semana. Que quer se enroscar em seu corpo moreno, misturar seu esperma à espuma que ela produz, que vai enfiar a língua em cada poro dela e fazê-la gemer por mais de uma hora seguida. Isso tudo ele lhe diz no ouvido, enquanto vão caminhando em direção ao carro de Mélane, um Corsa Sedan metálico cuja placa ele, por costume, memoriza.

O Herói, que ela chama por um nome qualquer — que ele disse se chamar depois de vê-lo escrito num catálogo de editora de Leandra, uma noite antes de conhecê-la —, abraça-a por trás enquanto sobem pelo elevador. Há outros dois homens ali, que parecem não se conhecer. O mais velho demonstra felicidade com as sacolas que leva, um pouco pesadas, parece, mas que ele faz questão de manter acima do chão, apesar dos 12 andares que sobe. Como se colocá-las no piso para descansar os braços fosse uma blasfêmia. O outro, de terno, cara comum, um típico executivo que está apenas começando a subir na vida. Usa perfume do Boticário, mas o que fica impregnado no elevador é o aroma do sanduíche em embalagem de isopor que carrega. Uma completa incoerência: terno e sanduíche, mas é o que o torna uma figura curiosa.

O prédio é simples, na rua Barata Gomes, os apartamentos são pequenos, e ele logo vai ver que o de Mélane tem poucos móveis. Ela vira a chave e entram imediatamente. Tira a blusa de renda sobreposta à camiseta e a calça jeans. Pergunta se ele quer um uísque duplo e já vai logo servindo os dois copos de Red Label. Ele prefere Ballantines, mas não diz nada. Embora consiga disfarçar, Herói não está pensando na morena bonita com quem vai trepar em questão de minutos. Não é o tipo de homem que daria tudo por uma transa. Não é o tipo que se deixa levar pelo cheiro das mulheres para depois cair nas armadilhas delas, mas que faz tudo de novo contanto que haja penetração e prazer. É do tipo que está prestes a mudar o rumo de sua vida e, pela primeira vez, não está certo de que fará a coisa certa. Desde os 9 anos de idade deixou a indecisão para trás. Desde aquela idade nunca mais ficou agitado diante da necessidade de tomar uma decisão porque soube desde o início que faria diferença no seu mundo. Mundo que habita e em que tem mulheres como Mélane, que chamam a atenção pelas curvas no corpo e que não precisam se maquiar, arrumar muito o cabelo ou vestir roupas caras para causar inveja nas outras mulheres e ainda deixar loucos os homens. Será que há homens assim? Será que há também homens com libido tão elevada que por onde passam vão causando excitação em quem os olha? Um pensamento sem importância que passa como furacão, porque o charme de Mélane não faz diferença agora. Quando terminar com ela não haverá tempo para que a mulher encoste a cabeça em seu peito, acenda um cigarro e faça cara de realizada, pois seguirá direto para o hotel, onde tem um encontro final, final e fatal, ressalta, como lembrando a si mesmo algo que prefere esquecer.

Mas o que Herói não sabe é que haverá uma surpresa antes de consumar os fatos que enumerou em sua mente, numa sequência que julga segura. Mélane vai ao banheiro e deixa a bolsa sobre a mesinha que está ao lado da única poltrona da sala. Não por acaso, mas por hábito, ele mexe na bolsa e vê os documentos. Mélane não é Mélane. O nome não lhe pertence. O que vê é uma foto com cabelo mais comprido e levemente cacheado, mas o mesmo rosto, carnudo e não tão benfeito quanto o corpo. O nome é outro: Alana Vasconcellos da Silva. A idade corresponde ao que supôs, 26 anos, e a naturalidade é Rio de Janeiro, embora ela tenha dito que nasceu no interior da Bahia. O sotaque, claro, é levemente de baiana mesmo, mas com isso ele não se preocupou.

Alana é o nome da namorada de Vicente, que está em lugar seguro e que não o conhece. Ele, Herói, é uma sombra dos acontecimentos, e ninguém o conhece. Isso é certo.

A um homem como ele não é permitido acreditar em coincidências. Não há acasos, só ações matematicamente calculadas. O fato de ter nascido num dia fora do calendário maia não é um acaso: a partir disso, ele construiu um mundo particular. Ainda que aos 9 anos não soubesse disso. É ação, e não coincidência. Mélane, a mulher que conheceu num café no aeroporto de Santos, é a mulher de um matador do morro do Alemão que ele eliminou. Não se trata de uma novela, a vida não é uma novela em que todos se encontram no calçadão de Copacabana ou frequentam o mesmo restaurante, contratam o mesmo advogado — coincidências ridículas que fazem das novelas de TV uma afronta à inteligência humana, pensa ele.

Herói vai para a cama com Mélane com tesão. Não faz perguntas, não se defende das investidas de seu corpo. Relaxa, goza e, ao contrário do que planejou, acaba deixando que ela recoste a cabeça no seu peito, acenda um cigarro e sorria. Uma decisão foi tomada. Como tem até a madrugada para chegar ao hotel, vai cumprir seu objetivo mais tarde, já que não deu mesmo certeza a Leandra de que se encontrarão à noite. Depois de tudo, ele toma um gole de água da torneira da cozinha, volta para o quarto e faz a primeira pergunta:

— Que tipo de arma você usa?

— Como é que é?! Hein, bonitão? Arma da sedução, você quer dizer? Hum..., acho que eu não preciso de muita coisa, não é? — Ela sorri, o corpo nu, os lençóis cobrindo apenas as pernas.

— Não foi isso que eu perguntei. Só fiquei curioso pra saber. Usa dessas armas pequenas, tipo 22, ou uma automática com silenciador?

— Arma? Eu não uso arma. Sei me defender de outras formas. Não uso arma, bonitão. — Parece um pouco aborrecida, ou é só impressão?

— Então você se chama mesmo Mélane? — Ele agora está sentado novamente na cama, ao lado da mulher.

— Alana. Mélane eu escolhi porque é mais bonito. Meu nome é Alana, se quer saber, se faz diferença pra você.

— Conhece um homem chamado Vicente?

— Vicente? Conheci um. Foi meu namorado por uns bons anos. Eu não era fiel, ficava com executivos que conhecia nos aeroportos. Você sabe, meu trabalho de agente de turismo me faz conhecer um monte de gente. Mas ele também não era fiel. Sei que não era, mas eu era especial pra ele.

— Gostava de Vicente de forma especial, então? Quero dizer, para ser namorada dele?

— Ele era um cara legal. Me dava dinheiro, não me fazia muitas perguntas. Acho que era carente, tinha perdido a mãe assassinada, sei lá, gostava de pegar no sono feito um menino, deitado no meu colo. Quando me conheceu, gostou tanto de mim que foi logo falando em morar junto, assim como se fosse casamento, mas eu enrolei ele. Gosto de liberdade.

— Não vai me perguntar?

— O quê?

— Era natural, depois da minha pergunta, que em vez de responder, de contar tudo sobre esse Vicente, você me fizesse uma pergunta.

— E qual é essa pergunta, bonitão?

— Se você não sabe, eu é que não vou dizer. Mas não dá pra acreditar que não tenha mais nada pra me dizer.

— Ah, isso eu tenho, sim. Você é muito gostoso e eu quero te ver de novo.

— Isso eu acho difícil.

— E por quê? Não gostou da sua morena?

— Certo. Então você não vai me perguntar como eu sei de Vicente. Por que eu perguntei de um namorado seu que era, na verdade, matador, capanga de traficante de droga pago pra executar polícia bem-intencionada e dedo-duro do morro. É porque está bem segura do que vai fazer comigo.

— Como é que é? Que negócio é esse de matador? A gente deve estar falando de pessoas diferentes.

— Mas que coincidência da porra, hein?! Dois Vicentes no mesmo diálogo, e são duas pessoas diferentes. De onde você achava que vinha aquele dinheiro que ele te dava? Ah, não, não diz mais nada. O que é? Tem gente esperando pra me executar do lado de fora da sua porta? Aqueles dois palermas do elevador são os seus comparsas, então?

— Por que eu ia querer te matar? Me dá um motivo, por gentileza, senhor misterioso. Se você conheceu o Vicente é porque deve ter negócios do tipo do dele. O Rio tá cheio, o

Brasil tá cheio, o mundo tá cheião de gente assim, não é, não? Quer saber, é claro que eu sabia de onde vinha o dinheiro do meu negão, mas eu não ligava, tá satisfeito? Que diferença faz? E agora, se você é um neurótico que tem medo de ser morto em toda esquina, eu não estou aqui a fim de consolar ninguém, pode ir, que a gente já fez o que tinha que fazer, bonitão.

Então é isso: ela, Alana, a namorada de Vicente, usada por ele como laranja em algumas compras e que guardava no banco em seu nome o dinheiro que ele recebia pelo trabalho sujo que fazia, é uma conquistadora nos aeroportos, aluga um apartamento com poucos móveis e quer muito, está ardendo de desejo para que ele passe, a partir desse belo momento, a acreditar em coincidências. Ele se lembra de palavras de Paul Auster, sublinhadas por Leandra num livro de histórias reunidas pelo escritor, que as recebeu de ouvintes num programa de rádio que tinha nos Estados Unidos. Dizia o escritor que todos nós temos vida interior, todos nós sentimos que fazemos parte do mundo e, contudo, nos sentimos exilados dele. Este é um momento em que Herói se sente exilado, fora, expulso do mundo que criou para si mesmo. Não tem medo, pois, até agora, todas as artimanhas deram certo, todas as ações para tirar pessoas de seus próprios círculos tiveram êxito. Mas o que significa tudo isso? No dia em que planeja matar pela primeira vez, no dia em que desconstruir não é suficiente, liga para Mélane, encontra-se com ela e descobre que a mulher é Alana, namorada de uma vítima sua. No entanto, ainda está sentado na cama da morena de corpo bonito, não há muito onde esconder armas no vazio do imóvel, não há qualquer traço de falsidade na voz de Mélane.

— Devo continuar chamando você de Mélane?

— Como quiser. Mas se você acabou de dizer que a gente não vai se ver mais, não importa, né?! Não precisa me chamar de nada, então.

É hora de dizer está bem e se afastar, assim vai poder pensar e agir em seguida. E é o que faz: veste-se, quando deveria tomar um banho, vai até a sala. Ainda impregnado do cheiro de Mélane — pois continua, por hora, chamando-a de Mélane —, desce pelas escadas. Alcança a rua, toma um táxi. Mas antes de seguir para o hotel, vai direto a uma delegacia de polícia e faz uma denúncia. Em seguida, liga para alguém na favela e aguarda um retorno. Está a alguns metros do mar e, apesar das roupas que usa e da maleta que segura, não chama atenção. Todos passam muito apressados e há outros homens tão suspeitos quanto ele em qualquer parte da cidade. Espera uma hora, bem marcada no relógio, antes de pedir novo táxi e voltar ao prédio de Alana — é assim que vai passar a chamá-la. Como prevê o atraso da polícia, há tempo de sobra para plantar drogas no apartamento. Herói calculou que a mulher dormiria um pouco, já que, de fato, não iria matá-lo ali, estava tentando atraí-lo para futuros encontros, que para ela, a julgar pela performance que acreditava ter na cama, viriam com certeza. Assassiná-lo pura e simplesmente não daria a ela as informações de que precisa: onde estava Vicente e, principalmente, como fazer para reaver o dinheiro que ele deixou no banco.

Mas como o identificou, se nem perto ele chega das suas vítimas? Alana foi atriz de teatro, ele virá a saber um pouco mais tarde, de um vizinho dela, o que explica o fato de não ter demonstrado surpresa quando ele pronunciou o nome Vicente. Só não se deu conta de que deveria, sim, ter manifestado surpresa, o que saberia se, além de atuar, também escrevesse roteiros. No entanto, seu pior erro não foi aquele, mas o fato de ter deixado que ele descobrisse, e com tamanha facilidade, que ela era Alana Vasconcellos da Silva, nascida no Rio de Janeiro, namorada de um matador do Complexo do Alemão. Por que não escondeu os documentos? Por que achou que ele não descobriria e, então, tomaria uma providência? Foi proposital, claro, mas por quê?

Alana Vasconcellos da Silva é presa em flagrante com 25 pedras de crack na bolsa, dentro do apartamento que aluga, e em companhia de um traficante procurado, o Nem, que atua na Rocinha, com quem está deitada — ela nua, ele parcialmente vestido — quando os policiais chegam. Dentro do armário do seu quarto, a polícia descobre, ainda, mais de oitenta papelotes de cocaína, prontos para serem vendidos. Os vizinhos afirmam nunca terem visto Nem por ali, e não terem desconfiado da mulher, que se mudou para o prédio há apenas alguns meses e que dizia trabalhar no teatro. O traficante consegue fugir quatro dias depois, após receber uma visita que troca de lugar com ele sem que ninguém desconfie e que é também solta por falta de provas, com a alegação de que foi forçada e ameaçada. Já Alana é levada para a penitenciária feminina Talavera Bruce dias depois, apesar da ausência de processo. Não reage à prisão, respira fundo e parece tentar buscar uma explicação para a armação que montaram em seu apartamento.

Ainda com o estranho episódio remoendo sua mente, Herói segue finalmente para o hotel, onde está hospedado o seu algoz. O envolvimento com *Mélane* e as providências para a prisão de *Alana* não o esgotaram, pelo contrário, deixaram-no ainda mais certo de que deve, desta vez, matar. Chegaram perto demais dele.

Dentro do Escritor

Dostoiévski sente culpa pela morte do pai e por isso, não pela epilepsia, é acometido por ataques nervosos. A explicação é dada por Freud, em 1927. Segundo a interpretação lacaniana, o próprio sujeito morre quando a morte do outro se lhe apresenta de forma soberba. A culpa do escritor russo se exprime na histeria e na obsessão, o que não aparece só no diagnóstico clínico: é vibrante na própria literatura que ele tão bem produz.

Eu, ao contrário, não me sinto culpado pela morte de meu pai, mas deveria sentir culpa pelas mortes que ele, em vida, provocou. Não de forma indireta, como se pode supor num primeiro e surpreendente momento, mas de forma mais que direta, apertando o gatilho da velha cartucheira, antes só usada para aplacar pássaros em pleno voo visando assá-los para o jantar em família.

Sou um escritor semiesquizofrênico. Às vezes interrompo a narrativa para fazer algo de suma importância, como andar em círculos — 32 voltas e meia — agarrado ao meu cão, um dobermann de olhos curiosos, antes de tomar suco de tomate temperado com canela lendo o jornal de anteontem, de cabeça para baixo, de costas para a TV ligada, sem som. Não é mania, é necessidade. Depois, me sinto bastante ajustado para continuar o trabalho. A labuta é seguir, em seus trajetos pelo mundo, o mais importante personagem que já aprisionarei num livro, o Herói. Ele é real, e meu livro, que penso ser o último — pois depois deste esforço terei cumprido minha missão de escritor —, terá ares de reportagem. Segui-lo é uma tarefa árdua e dispendiosa, e muitos adjetivos eu poderia enumerar, mas me fariam ainda mais cansado do que já estou. Uma tarefa na qual já gastei seis anos da minha vida de mais de sessenta, e exatamente 76.543 dólares norte-americanos. Porque sou muito econômico, não me hospedo nos mesmos hotéis que ele, nem como nos mesmos restaurantes, uma vez que, é preciso considerar, meu trabalho não é, como o dele, remunerado. Meu cão é a minha única parte humanizada. O único ser que me acompanha nos momentos lúcidos, como este, em que escrevo, e nos de profunda loucura, que relato por metades, já que não sei exatamente o que faço, muito menos o que sinto quando entro em crise de esquizofrenia.

    Para Freud, essa era uma doença narcisista que poderia ser curada pela psicanálise. Nada sei a respeito, e quando entro neste labirinto, sequer sei o meu sexo. Alguns falam que é hereditária e que alguém da minha família deve ter me passado um gene estragado, mas não há mais ninguém em minha família que possa falar ou fazer exames. Outros dizem, sem embasamento científico, que adquiri a doença depois que vi meu pai assassinar toda a família dele, a primeira, a mulher que abandonou para ficar com minha mãe, e também os seus quatro filhos. Os próprios filhos, os quais tinha gerado. E que, no fundo, me sinto culpado. Não foi, de fato, uma experiência edificante para um garoto de 4 anos que brincava sozinho de lutar com sua espada contra um vilão invisível, no quintal, quando viu o pai, enfurecido, entrar no quartinho de despejo e pegar a espingarda com a qual matava pombas para o jantar. Ele gritava, como fazia às vezes, mas desta vez mais alto. Nem os tiros, eu imagino, superaram o volume dos seus gritos, o que confundiu os vizinhos e os fez demorar no socorro, porque já tinham se acostumado com a gritaria do meu pai. Com os tiros, claro que não, mas não foram capazes, à primeira vista, de distingui-los. Eu não me lembro de muita coisa. Mas posso dizer que embora minha mãe e eu tenhamos ocupado o lugar daquela família, não me sinto nem um pouco culpado pelos atos de meu pai — que, aliás, só existiu no meu mundo até meus 4 anos de idade, pois depois de tudo isso eu o enterrei para sempre e nunca me dispus a ressuscitá-lo.

Lembro, antes, que aquela família nos visitava poucas vezes, e sempre que eles vinham eu ganhava balas de caramelo, coisa que nem meu pai nem minha mãe compravam para mim porque não queriam que eu me viciasse tão cedo. Eu não tinha a menor ideia do que era vício, e até hoje não fui capaz de saber ao certo, mas sei que as balas eram deliciosas. Disso me lembro muito bem. Elas grudavam no dente, o que era bom porque assim duravam mais tempo na boca. Eu as pegava das mãos do menino grande que usava botinas limpas porque vivia na cidade e saía correndo para o quintal. Desembrulhá-las, jogar fora o papel de seda branco que ficava por dentro, depois de guardar no bolso o papel colorido que eu usaria em outras brincadeiras, era um momento glorioso para mim. Não gostava de ficar sozinho naquele tempo, queria o calor do corpo da minha mãe o tempo todo, mas os instantes em que saboreava o presente do garoto de quem nem sabia o nome eram únicos e precisavam ser vividos sem qualquer companhia. Quando descobriam que eu estava chupando as balas já era tarde: pelo menos umas quatro já tinham ido. Eu não apanhava, era muito mimado pelos meus pais. Mas aquele menino, que, suponho hoje, era uns cinco anos mais velho que eu, recebia sempre uma bronca de meu pai, que era também o seu pai, e prometia não trazer mais aquelas delícias. Para minha felicidade, ele sempre descumpria o trato, mas era pena que vinha cada vez com menos frequência.

Nossa casa ficava numa chácara contígua à cidade onde estudei com pouco entusiasmo e notas invariavelmente baixas, pois era sempre apontado como o filho do homem que matou a família. E por anos a fio ninguém foi capaz de perceber que aquele não era um lugar para eu crescer. Até que, quando eu já tinha meus 13 anos e duas reprovações no colégio, uma tia decidiu me levar para morar com ela em outro lugar. Meu pai na prisão, já fora do meu mundo, minha mãe sempre doente, e ela, uma cantora de boate — mas de boate fina, frequentada por gente da sociedade, e não somente homens, mas também mulheres, todas muito bonitas —, achava que tinha me resgatado. Mas estava invariavelmente ocupada com seu sucesso e seus namorados para notar que já era tarde demais. Eu já era semiesquizofrênico e também já era escritor. O que minha professora de matemática não entendia era como eu gostava de escrever, se mal sabia as regras básicas da gramática e se a única matéria em que tirava notas boas, a única que me fazia ficar à noite em casa, estudando, em vez de seguir para a boate e me sentar na última cadeira para ver minha tia cantar e dançar, era a que ela lecionava: a da magia dos números. Os números me encantavam. A lógica dos cossenos e catetos, na solidez da geometria, as equações com resultados exatos, aquilo me fascinava. Para mim, o universo era matemático. Regras precisas para cada elemento que nele reside. Mais tarde vim a gostar também da física. Tentei, como outros, escrever o teorema que provasse que nenhuma soma de duas sétimas potências resulta em outra sétima potência. Cheguei a sonhar em ser físico nuclear, se não seguisse a carreira de matemático. Refiz as contas de Kepler para traçar as órbitas eclípticas dos planetas, calculei distâncias, estudei a mente dos inventores do computador. Fazia contas de cabeça, sem que me pedissem. Ao caminhar pela rua, calculava a inclinacão das árvores em relação à praça.

Mas eu não estaria aqui se isso tudo tivesse dado certo. A minha absoluta incapacidade para as outras matérias — biologia, história, geografia e não sei mais o quê — me impediu de ingressar numa faculdade. Por isso, a matemática foi sempre a minha grande paixão irrealizada, o amor platônico, um encantamento que ainda carrego mas que aos poucos substituo pelo meu cão, este sim uma equação fundamental para alguém como eu. Eu me tornei escritor, foi o que me restou, já que, como disse, desde pequeno escrevo, e escrevo porque tenho por hábito investigar a vida das pessoas e não havia o que fazer com as descobertas, exceto colocá-las no papel (quando era do papel que os escritores viviam, pois agora registramos nossa arte na memória do computador, mas ainda são os livros nosso melhor meio de contato com os outros, e os outros são os leitores, sem os quais não existimos). Um dia veio um crítico e disse que aquilo que eu registrava, a forma como relatava os acontecimentos, era literatura, e me propôs um almoço com um editor. Não pude ir porque no dia marcado tive um surto quase psicótico. Subi no telhado da casa que alugo com a pensão que recebo para cortar o bigode do gato branco que estava sempre ali em cima e já tinha comido meus 27 pássaros, um a um. Eu achava que cortando o bigode do gato, ele teria mais com o que se preocupar, uma ausência importante na sua vida, e deixaria meus canários em paz. Mas foi em vão. Não fui, portanto, ao jantar, mas meu livro de contos, uma trilogia sobre Londres, em que os famosos matemáticos Gauss e Pitágoras, cada um em sua época, eram os protagonistas, foi parar nas mãos do editor com as devidas desculpas e a explicação de que eu havia sido chamado urgentemente para um encontro com outro editor, este de uma editora muito mais famosa. Uma jogada de marketing de cuja elaboração eu mesmo não havia participado. Em três dias, era chamado ao escritório, e, seis meses depois, meu primeiro livro era publicado, já com os elogios daquele crítico que, nunca soube por quê, apostara em mim desde os primórdios das minhas invenções literárias, nas quais eu sempre colocava um pouco da matemática para meu consolo particular — e deleite da minha professora, que era minha amante desde que eu tinha 16 e ela, 34.

Minha carreira, até aqui, foi bem-sucedida para alguém que nunca teve como brigar pelo próprio sucesso, obrigado de quando em vez a parar tudo o que estava fazendo para rodopiar em torno de si mesmo. Ganhei alguns prêmios, participei de alguns encontros de escritores, uma de minhas obras foi adotada na bibliografia do vestibular da maior universidade do país, ganhei reedições e homenagens na cidade onde nasci — da qual eu deveria, mas não me esqueço —, reportagens em jornais em que minha quase esquizofrenia tinha sempre um destaque maior que meus livros (mas quem disse que me importo?), presentes e até uma tradução para o italiano. Dois de meus livros foram distribuídos em Moçambique e Angola, graças à amizade e generosidade de Mia Couto e José Eduardo Agualusa. Claro que, neste percurso que considero vitorioso, vivi sempre com uma ameaça pairando sobre minha cabeça. O céu poderia desabar, e ainda pode, sobre minha cabeça a qualquer momento. É como dormir e acordar com o imprevisível sempre. Não há escolha. Nada pode ser feito. Mas também não há sofrimento, pois os momentos de manifestação da loucura são aqueles em que me desligo da tomada para viver outra vida, talvez para viver o que verdadeiramente sou. Escrever, como diz Sartre, é uma ação de desnudamento.

Desde que li *O médico e o monstro*, de Robert Louis Stevenson, de 1886, interessei-me pelos romances policiais, mas foi Edgar Allan Poe quem me fisgou definitivamente, com sua escrita gótica. Mais tarde pude estudar as características desse tipo de obra e perceber como as vítimas não têm importância na trama. O detetive, a sua astúcia, a forma engenhosa como desvenda o crime, é o que conta. Agatha Christie, com o detetive Hercule Poirot, e Conan Doyle, com Sherlock Homes, fizeram enorme sucesso. Então, veio Georges Simenon e criou o comissário Maigret, que deixa de lado a dedução lógica para solucionar os crimes e mergulhar na psicologia dos assassinos. O autor nunca se cansou e deixou 125 romances policiais, escritos entre 1931 e 1952. Há também os escritores que são perfeitos assassinos. Como o mexicano José Luis Calva, que, em outubro de 2007, foi detido na Cidade do México cozinhando o braço de sua ex-namorada Alejandra Garavito numa panela. Os policiais que entraram em sua casa encontraram também restos da carne da mulher em uma frigideira e o seu tronco num armário. Na geladeira estava uma perna, enquanto em uma caixa de cereal escondiam-se vários ossos. Horror digno dos filmes de Roth, como *Albergue*, que me arrependi de ter visto, porque é terror demais para ser levado a sério. Também li sobre o caso do escritor polonês Krystian Bala, condenado a 25 anos pela morte de Dariusz Janiszewski, dono de uma pequena agência de publicidade. O crime foi descrito no livro de Bala, *Amok*, palavra que quer dizer "arrebatamento", e, para a polícia, só o próprio assassino poderia conhecer os detalhes do homicídio. A obra foi publicada três anos após o crime.

No meu livro não haverá assassinato. Será o primeiro romance policial em que o culpado não é o assassino. Este, na verdade, é o desconstrutor. Ele desconstrói vidas, verbo que sequer existe no dicionário que uso, mas que define a sua ação. Há suspense, há vítimas, mas não há assassino, porque o Herói inventa o seu crime, rouba, falsifica, frauda, prende sem ser autoridade. Mas não mata.

Sou um escritor razoavelmente bem-sucedido, e, no entanto, há seis anos não produzo nada. Estou perseguindo meu maior personagem, que não tem qualquer relação com os números. Venho gastando todo o dinheiro que ganhei, mas ainda posso contar com uma pensão do governo para as necessidades básicas, caso minhas economias cheguem ao fim. Felizmente tenho como comprar a ração de Prometeu, ou teria que trabalhar de garçom ou outro ofício sem grandes exigências. O que estou dizendo? Equilibrar um champanhe numa bandeja exige qualificação, sim, e, para alguém como eu, não parece nada fácil. Como ia dizendo, ainda tenho como dar comida ao dobermann que me acompanha, porque alimentar o meu cão é alimentar a minha alma. E tenho capacidade para escrever e para seguir o Herói pelo mundo. Fora isso, muito pouco posso fazer. Se fosse Ésquilo, escreveria uma tragédia grega, mas apenas coloquei no meu cão o nome Prometeu — sem o sobrenome Acorrentado, pois perdoei, de antemão, todos os seus crimes, que na verdade nunca existiram. Pois não sou deus, apenas crio histórias e personagens que me apetecem. Diferentemente do original Prom~etheus Desmōt~es, assim mesmo, com til solitário nas duas palavras.

    O mais grave erro de Prometeu, "o que sabe antecipadamente", foi ter roubado o fogo dos deuses para entregá-lo aos mortais. O fogo era a sabedoria, o que podia diferenciar o homem dos animais, mas Zeus queria que os homens fossem mantidos na condição de animais. Então, ordena que se acorrente o criminoso a um rochedo, o monte Cáucaso, onde vive seu martírio. Quem cumpre a ordem é Vulcano. Uma ave vem diariamente e acaba por dilacerar o fígado de Prometeu, órgão que representava, para os antigos, a vida, e que se regenera nele toda noite, tirando o poder da morte e eternizando o sofrimento do acorrentado. Prometeu recebe sugestão de que se humilhe diante de Zeus para fugir do duro castigo, mas ele sabe de algo do futuro do pai dos deuses e acredita que, para sabê-lo, Zeus se humilhará diante dele, pensando no próprio interesse. E o que ele sabe é que o filho de Zeus, a ser concebido de um casamento iminente do deus, o destronará do seu reinado. Como Prometeu se recusa a dizer o que pode ser feito para impedir isso, recebe as mais duras ameaças.

Ésquilo viveu entre 525 e 456 a.C. e foi o inventor da tragédia grega, passando a narrativa do lírico para o cênico. Meu cão, Prometeu, nasceu em 1999 e ainda está vivo. É meu herói humanitário, e já se sabe o quanto sou influenciado pelos heróis, o quanto dependo deles, desde a infância, quando brincava com espadas e bonecos de Batman e Flash Gordon. Dei a ele, isto é, ao meu cachorro dobermann, o nome de Prometeu não pelo sofrimento perpetuado do grego, mas pelo seu ardor e solidariedade e o enfrentamento do que é superior. Eu, por outro lado, jamais terei coragem de lutar contra os fortes e, por isso mesmo, nunca ousei trabalhar em um lugar onde tivesse um chefe. Sou covarde demais para receber ordens. Quando ordeno a Prometeu algo, é para que tenha uma compreensão da qual nunca serei capaz.

Herói não é um personagem qualquer, é o personagem da minha vida. De toda a minha obra. Não que eu queira abandonar a ficção, mas este personagem, ao qual dou o simples nome de Herói, embora seja real, é o maior modelo de protagonista que qualquer escritor já aprisionou em um livro. Como tenho prática de investigador, fico atrás dele sem ser notado, e ele é escorregadio como sabão, hospeda-se em cidades como Pequim, Moscou, Londres, Lisboa, Santiago, São Paulo, Rio de Janeiro; há alguns anos, ia regularmente a Cartagena. Não é um assassino, nunca matou, mas pode ser classificado como criminoso. O que ele faz talvez seja mais cruel do que tirar a vida, pois a tira, de certo modo, e deixa a pessoa viva, absolutamente consciente, para que observe como é perder tudo, não ser mais reconhecido por ninguém, nem pelos próprios filhos, não ter identidade, não ser aceito na própria casa, que construiu, mobiliou, onde amou a mulher e onde, com ela, dividiu conquistas e fracassos. Uma vez vi uma mulher muito elegante, uma economista, que usava terninhos e maquiagem discreta e dirigia um Peugeot 300, ser, do nada, internada num hospício de quinta categoria num bairro do subúrbio de Paris. O detalhe é que ela nunca tinha ido à França antes, morava em Pequim e lá trabalhava na bolsa de valores. Executiva chinesa de sucesso. Sua vida desapareceu. Como num grande truque de mágica — mas sem a parte final, em que deveria reaparecer. E um detalhe me chamou a atenção: depois de sua internação, a tal clínica ganhou reformas, ampliações, certamente financiadas por um alguém benevolente, de olho em uma das internas. Que não estava louca, mas deveria ficar ali para sempre. Claro que foi trabalho dele, e ainda não sei o que aquela executiva fez ou descobriu para ser tirada de circulação, ser excluída de sua vida da forma como foi. Eu já tinha feito reserva no hotel Beijing Jianguo, para concluir a história, mas não podia perder a volta do Herói a São Paulo, depois de ouvi-lo dizer ao telefone, a Leandra, uma mulher com a qual se encontra também em lugares diferentes — seria ela também uma sem-lugar? —, que estava por dar um passo decisivo na sua vida.

Se os jornalistas soubessem, perguntariam por que nunca escrevi sobre o acontecimento daquela tarde, quando eu tinha 4 anos e meu pai foi preso, após ter sido encontrado na cena do crime: cinco corpos estirados sobre a sala de sua casa, três mortos a tiros, outros dois a golpes com a madeira dura da espingarda. As paredes, o tapete, tudo ensanguentado. Até a imagem de Nossa Senhora de Fátima, que minha mãe mantinha na estante de sucupira, sempre com um copo d'água ao lado, estava coberta quase inteiramente de sangue. Sobravam algumas partes do manto branco. Por que nunca investiguei as causas que o levaram a tamanha insanidade? Perguntariam por que nunca coloquei num livro aquela história, que foi a história da minha vida — ou, antes, da minha morte, aos 4 anos, pois depois daquilo não podia mais haver vida propriamente dita.

Os escritores são isso mesmo, pessoas que não podem viver plenamente e se refugiam na escrita. Os pintores e os escultores ainda conseguem alguma vida nas exposições que fazem. Mas alguém vive plenamente, além de quando é jovem e se pratica esporte radical? O pai, preso, eu nunca mais vi. Minha mãe ficou internada, e depois de um mês eu pude visitá-la na enfermaria do hospital, mesmo que o médico repetisse que eu, na verdade, não podia entrar ali, estava abrindo uma exceção, e não porque eu fosse especial, mas porque era demasiadamente carente e ele tinha lido num livro de psicologia algo de que não se lembrava. O médico era jovem, disso me lembro. Entrei de mão dada com minha prima que já era quase adulta e estava acompanhada do meu tio, irmão de minha mãe, um homem soberbo, que escondia o dinheiro que ganhava nas plantações de maracujá e, ano após ano, alardeava aos quatro cantos que mais uma vez havia amargado prejuízo na lavoura, xingava o governo e o sindicato dos produtores, com medo de que os parentes lhe pedissem dinheiro emprestado. Era o que todo mundo dizia na época, posterior àqueles acontecimentos, em que eu já podia entender um pouco dessas coisas. Eu tinha desprezo por ele. Não já naquele dia, claro, quando para mim ele era apenas o pai de minha prima, à qual eu tinha me agarrado como à única boia lançada a um náufrago, e que me levava finalmente ao encontro de minha mãe.

Lá estava ela, o rosto amarelo, deitada e olhando para o teto. Os lençóis eram brancos, a roupa sobre ela era branca, essa mania que os hospitais têm de achar que as coisas vão ficar bem se tudo ao redor do doente for impecavelmente branco. O que há de errado com as cores? Ela não percebeu minha presença no primeiro momento. Incrédulo, eu a ouvi pedir à enfermeira que trouxesse algumas teias de aranha para pendurar no teto, pois o quarto comprido, em que havia mais três camas com três mulheres deitadas, todas de rosto amarelo e roupa alva, ficaria mais aconchegante. Como não obtivesse resposta, pediu um copo de iogurte. Então se virou e me viu. Chorou compulsivamente no primeiro instante, como se as lágrimas estivessem ali o tempo todo, esperando pelo motivo que as expulsaria. Eu me aproximei e ela me enlaçou nos braços. Eu achei que também deveria chorar. Afinal, era uma das coisas que eu mais gostava de fazer. Chorara sempre, para chamar a atenção do meu pai e da minha mãe, e funcionava. Com os dois. Mas naquele momento, com minha mãe se desmanchando em prantos, agarrada ao meu frágil corpo, que começou a doer ao ser esmagado por aquela mulher completamente perdida, não chorei. Não tive vontade. Não havia lágrimas: os olhos estavam secos e eu não me interessava em saber por quê.

Eu quis voltar para a mão quente da minha prima. Tinha deixado um jogo, Combate, montado para brincar com ela, e queria voltar. Minha mãe, aquela mulher desesperada que mal conseguia falar, meu filhinho, meu filhinho, o que será de nós, não me dizia respeito. Não era minha mãe, eu não a conhecia. Não me lembrava de ter visto minha mãe chorar antes. Pelo contrário: estava sempre bonita, perfumada e alegre. Ela cantava enquanto fazia o almoço e levava comida para as galinhas e os patos. Brincava comigo, consertava os brinquedos que eu ganhava no aniversário ou no Natal. A espada, a poderosa espada com que eu brincava naquele dia, tinha sido presente dela. No meu aniversário. Com aquela espada eu me sentia não apenas forte, mas imbatível. Destruía todos os meus inimigos, as feras terríveis que saíam dos buracos de tatu, no quintal de casa. Naquele tempo eu não era doente, a imaginação era como de qualquer garoto que nasce no bem para enfrentar o mal. Acreditava nisso, na vitória do bem contra o mal. E assim se resumia meu amor pela minha mãe, pois eu só queria ser o grande herói do seu mundo. Era uma mulher incrível, nada tinha a ver com aquela mulher que chorava e me apertava como se cobrasse de mim, do filho de 4 anos, uma solução para a tragédia que estava vivendo. Ou da qual tinha escapado, não se sabia.

Eu fugi. Fugi dos braços dela, fugi do hospital, minhas pernas superaram minha própria capacidade de pensar, e em poucos segundos ganhei o corredor, virei em direção à porta que dava para a rua, que era larga, e o clarão do sol estava lá para que eu não me enganasse. Naquele momento eu sabia exatamente o que queria e não era com choro que conseguiria. Não sei como, encontrei o carro do meu tio estacionado na rua lateral e, agarrado a ele, esperei.

Vi minha mãe muitas outras vezes, mas fiquei morando com meu tio até os 13 anos, pois ela não tinha condições de me criar. Tinha perdido tudo, a chácara foi resgatada pelo banco, e a hipoteca sequer foi questionada. Ainda conseguiu uma pensão para mim, mas sua aposentadoria nunca veio, por isso, e porque a família a considerou culpada por tudo que acontecera — a primeira mulher de meu pai, morta na chacina, era prima dela, o que aparentemente colocou a família toda a favor dos mortos e contra os sobreviventes —, ela ficou morando numa instituição pública para incapacitados. Digo "aparentemente" para amenizar o julgamento, mas logo percebi que os mortos são sempre mártires, sempre inocentes diante dos vivos, que cometem o grande erro, o terrível crime de permanecerem vivos; esse era o caso de minha mãe. Meu também, mas eu tinha o álibi de ser uma inocente criança.

Ela fazia trabalhos manuais na sua nova casa, até que não suportou mais a tristeza do lugar, e a própria, e também fugiu. Foi morar numa casa de mulheres, apenas três ruas abaixo, fechada pelo Ministério Público pouco tempo depois. Foi quando ela veio me dizer que iria para a cidade grande, e nunca mais tive notícias de minha mãe. Mas considerei que ela já tinha cumprido sua função de mãe, que eu estava crescido e ia me virar sozinho. Além disso, quando ela veio se despedir, eu já estava fazendo as malas para morar com minha tia cantora, e considerei que tudo estava se encaminhando como deveria ser. Eu já tinha momentos de falta de lucidez, em que ouvia vozes e personagens estranhos entravam em minha mente e eram mais reais que qualquer coisa que eu pudesse ver em volta. Momentos nos quais eu me julgava mais feliz, e por isso decidi que minha mãe não estaria neles. Mas eu não tinha por que me preocupar: na primeira oportunidade, pretendia pedir à minha tia que me comprasse um cachorro, e, assim, teria companhia. Quando ele morresse, eu o substituiria e lhe daria o mesmo nome do anterior, de forma que Prometeu estaria sempre comigo. Até nos ataques de semiesquizofrenia. Ou *principalmente* neles, porque nesses momentos eu não poderia ter outra companhia. Os cães são perfeitos nisso. Estão ali o tempo todo, aconteça o que acontecer, e não saem correndo e pedindo desculpas quando começamos a babar, a soltar espuma pela boca e revirar os olhos. Não estou bem certo se o que tenho é esquizofrenia, pois dizem que não, que se fosse isso eu não levaria uma vida normal, estaria cada vez mais louco e improvável, e jamais escreveria livros ou pintaria as paredes do meu apartamento. Por isso, uso o prefixo *semi* quando me refiro à minha doença, pois é possível exercer tarefas nos momentos em que não estou imerso nas viagens alucinantes que faço, e em que sou outra pessoa — uma dançarina que ensina crianças mortas a cantar, uma águia que mergulha em poços artesianos para caçar rinocerontes, um astronauta que ganha todas as maratonas e sonha se tornar um submarino.

O Herói é um homem feliz, seco e áspero como a música do deserto. Não conhece sofrimento e, como eu, não tem amigos nem parentes. Mas seu nome não pode ser pronunciado. Nunca, desde que saiu de casa, aos 9 anos, e renunciou à normalidade, seu nome foi citado pela professora como o autor da melhor redação ou o ganhador de uma medalha nas olimpíadas escolares. Nunca a diretora o chamou na sala porque estava espiando por baixo das saias das colegas. Tampouco seu nome saiu no jornal na lista dos aprovados do vestibular, nem sairá no obituário. Porque ele não pode ser escrito, divulgado, sequer pronunciado. Ele mesmo não pode existir, já que seu trabalho é fazer com que deixem de existir perante a sociedade, os pais, os comparsas, os amigos e inimigos. Escolheu esse trabalho. Tramou isso durante os anos em que ficou incomunicável, no esconderijo, enquanto estudava, sozinho, com os livros que surrupiava da biblioteca pública, ou nas vezes em que se escondia no pátio com os fones de ouvido captando a escuta eletrônica que colocava nas salas de aula, ora as do colégio Santo Antônio, particular, ora as do São Lucas, estadual. Ouvia os professores, simulava os exercícios, respondia às questões das provas e passava de ano sem que seu nome estivesse na lista dos matriculados. Apaixonava-se pela menina mais bonita da sala, mas não estava lá para puxar o cabelo dela só para que ela olhasse para trás. Não ia à festa de fim de ano nem dançava quadrilha no mês de junho. Às vezes passeava pela praça da Liberdade aos domingos e subia no coreto, mas só quando tinha teatro ou concerto e ali ficava cheio de gente. Senão, seria muito arriscado. Nesses dias, colocava um boné, um uniforme do Atlético, além dos costumeiros óculos de grau, que mais tarde trocou por lentes de contato. Via senhoras com seus filhos em bicicleta ou velotrol, homens lendo Moacyr Scliar ou Pablo Neruda, sentados com as pernas cruzadas nos bancos, sob as palmeiras que ladeavam a passagem para o palácio do governador. O dinheiro para a comida e as poucas roupas de que precisava vinham dos pais, sem que eles soubessem, claro, pois já tinha aprendido a viver como sombra e entrava no quarto da mãe, pegava os trocos que ela deixava espalhados em bolsos de jeans ou numa das três bolsas que usava na semana. Era o suficiente.

Nessas incursões para pegar dinheiro, via o sofrimento da mãe, do pai também, e dos irmãos, embora um pouco menos. Mas a mãe, esta sofreu com a ausência do filho mais do que se ele estivesse morto, atropelado por uma moto ou vítima de meningite. Era o único momento em que a escolha dele doía. Doía fundo, lá dentro, quando se lembrava de quando havia caído do berço e as mãos da mãe vieram, tão ágeis, para salvá-lo. Havia chorado, naquele dia, muito mais do que precisava para afastar a dor no alto da cabeça, porque o colo era tão gostoso e o acalento ali seria prolongado tão longo fosse o seu choro. As lágrimas eram as amigas que lhe proporcionavam o contato do corpo macio e cheiroso da mãe, a melhor do mundo. Quando a via olhando as suas fotos, passados já oito anos de seu sumiço, citando seu nome na Delegacia de Desaparecidos, pensava em lhe escrever uma carta, dizer que estava feliz, transformando-se num homem que seria tão diferente e único que ela se orgulharia. Nem advogado rico nem político poderoso, mas alguém com habilidades próprias e uma postura diante da vida que nenhum outro havia tomado até então. Alguém que substituía o crime, o assassinato de pessoas que precisavam desaparecer, por um trabalho ardiloso de fazê-las deixar de existir. Ter seus documentos, referências, relacionamentos, tudo, anulado para sempre. De forma que não incomodassem seus inimigos ainda que seus corpos perdurassem — com vida, mas uma vida vazia, efetivamente oca.

Por isso é que a jornalista não acreditava no que estava vendo. Ou, antes, no que não estava mais vendo. Nos sites de busca não havia qualquer vestígio do deputado Ernesto Landes. Nos arquivos da Câmara Federal, no Tribunal Regional Eleitoral, nenhuma referência à sua campanha, sua eleição, sua atuação na Comissão de Agricultura. Um mandato que desapareceu sem deixar rastros. E até a semana passada Ernesto era investigado por tráfico de influência, milhões de reais em dívida perdoada de ruralistas sob a sua batuta: o governo aprovou um projeto de anistia com o argumento de que a balança comercial não podia ser prejudicada. Por trás de toda a articulação, uma bancada liderada por ele, o deputado Ernesto Landes.

E a vaga por ele deixada? Um outro nome, do partido opositor, ali está, como se existisse desde sempre, e não passasse de um felizardo suplente. A jornalista vai pessoalmente ao escritório do partido.

— Bom-dia, sou jornalista, estou procurando Ernesto Landes.

— Quem é? — A pergunta da recepcionista é descuidada, quase insolente; sequer olhou para a recém-chegada. Continua conferindo uns arquivos no computador à sua frente.

— O deputado Ernesto Landes, ele é... é filiado a este partido. Sabe me dizer onde posso encontrá-lo?

— Se é deputado, por que não procura na Assembleia?

— Ele é, ou pelo menos era, federal.

— Então na Câmara, em Brasília.

— Pode verificar se ele tem mesmo ficha de filiação neste partido?

— Ah. — Agora os olhos castanhos da recepcionista finalmente encontram a visitante, estão um pouco mais atentos. — A senhora quer saber... quem mesmo?

— Ernesto Landes. Deputado.

— Vou olhar. É esse nome mesmo que a senhora procura? Deixa eu ver na relação... E você, quem é?

— Renè Scheinkman, jornalista, do Rio.

A sala é clara e pequena, mas o corredor sugere um ambiente amplo, cheio de salas contíguas imóvel adentro. Conversas surdas. Impossível adivinhar o tema dos debates lá dentro. De audível, só o locutor na rádio que dá notícias intercaladas com música pop. A jornalista espera uns três minutos, e a moça diz, então, que não há qualquer filiado com esse nome. Que Renè procure em outro partido. Ali não tem ninguém, nem deputado, nem vereador, nenhum reles membro da executiva ou do diretório com aquele nome. Bom-dia.

Eu tenho que reconhecer. O trabalho do Herói tem a perfeição dos deuses gregos. Sem remendos, sem pistas. Sem a mínima sombra de suspeita. Estava me lembrando de um primo meu que embarcou num avião para Amberes, na Bélgica, a fim de comprar diamantes. Nunca mais foi visto. Dois anos depois, sua tia recebeu um pacote pelo correio: eram os ossos dele, embrulhados numa seda com fios de ouro e os dizeres "Mais vale o ouro miúdo que o diamante graúdo". Mas isto aqui era diferente. Não havia corpos, não havia provas de uma existência anterior. E tratava-se, neste caso, de um homem público, um deputado que aparecia nos jornais, que participava de debates em rádios. Mas não havia limites para o Herói. Ele chegava a todos que tinham conhecido sua vítima e, fosse por remédios que tomavam sem saber ou fosse, por persuasão facilitada com dinheiro ou ameaça, de uma forma ou de outra ele conseguia apagar todos os vestígios da existência de quem quer que fosse. Isso tinha acontecido com o deputado, e a jornalista ainda procurou pistas, mas em alguns dias estava em outra pauta e não se lembrou mais da história.

Um menino olha o rio. E o rio é um lamaçal barrento, não é um rio. Ainda assim, um menino olha o rio. Leio a poesia numa carta antiga, antes de seguir para o próximo patrulhamento do personagem.

Prometeu acordou rouco esta manhã. Um cachorro rouco. Um animal um pouco mais triste que o seu dono, o que parecia impossível no meu caso. Vou até a farmácia, o atendente já me conhece. Não tem boa vontade, mas me conhece e diz que desta vez não pode ajudar, que tenho que levar meu cão a um veterinário. Não quero isso para Prometeu. Eu é que fico de médico em médico, única coisa a fazer quando não estou seguindo meu personagem pelo mundo. Não me custa pegar aviões e seguir o Herói em suas missões brilhantemente cumpridas. Mas procurar no catálogo um veterinário, marcar horário, encontrar o telefone de uma cooperativa de táxi que me ache um motorista que goste de cachorros, tudo isso me parece dispendioso demais. Faço-o pelo cão, minha única companhia, mas o que faço pelo personagem tem outro peso porque ele não faz parte de minha mísera vida, não garante um cotidiano sem sentido, mas inventa um mundo para mim do qual nem a semiesquizofrenia foi capaz.

Quando escrevo um livro, não o faço de forma linear. É impossível escrever início, meio e fim, ao menos para mim. Viver em função de um personagem e ordenar sua vida não é fácil para alguém como eu. O que faço é cozinhar pedaços, em panelas separadas, com temperos diversos, e depois juntar tudo numa travessa. Claro que quando monto o prato, nada sai como deveria, ou como planejei, se é que alguma vez cheguei a planejar um livro. Todos saíram de mim como sonhos. Ou chegam. Como gratuidades recebidas à noite, sem que se espere. Abro a janela do apertado apartamento, onde vivo só, e vejo o mundo. Quando estou aqui dentro, sou um homem solitário, acanhado, que a muito custo abre a porta para a faxineira. Que não atende ao telefone. Aliás, não tenho certeza se há telefone, fixo ou celular, no apartamento ou no bolso deste escritor semiesquizofrênico. Mas quando saio, sou uma pessoa comum, que consegue se equilibrar sobre duas pernas, tomar um ônibus ou táxi, avião ou navio, e que até poderia dirigir, desde que não tivesse que colocar o carro na garagem. Mas eu queria era falar sobre esta complexa tarefa de escrever livros, de ir colecionando ações e reações de um personagem que vive lá fora, e não aqui, no computador. Que não sabe da minha existência, não me obedece porque simplesmente não sabe que há muito deixou de ser uma pessoa vivendo sua própria vida para se tornar o meu protagonista. O livro, publicarei algum dia, quando tiver elementos suficientes para mostrar que se trata de um criminoso bem-intencionado e que, apesar de criminoso, não trilha o bem nem o mal.

Enquanto a jornalista procura ainda o deputado, a algumas cidades e estradas dali, Selma ajuda as empregadas a servir o café da tarde aos 152 internos. Eles estão na puberdade, ou nunca entrarão nela. Alguns vieram de instituições de recuperação de menores, outros simplesmente foram abandonados pelas famílias e recolhidos das ruas. Estão todos ali, e têm suas tarefas a cumprir. Há os que as executam com raiva, ódio nos olhos dirigidos aos monitores, porque acham que não têm obrigação. Lavar lençóis e fronhas é coisa de mulher. Ainda se fossem carros! O que diriam se os vissem? Selma sabe. Ela espera. Espera pacientemente que um dia esse ódio desapareça e que eles levem os estudos a sério e se tornem técnicos de informática, mecânicos de automóvel, enfermeiros, cozinheiros, artesãos. Amanhã será um dia especial, ela vai inaugurar, com a presença do presidente da Câmara Municipal, a ala das meninas. Virão internas de outras instituições, ela vai receber garotas que se prostituíam nas ruas, que vendiam droga, mas também meninas que simplesmente foram preteridas pelos familiares, sem condições financeiras de cuidar delas. Enquanto enche os copos de plástico de café com leite e serve fatias de bolo de cenoura com biscoitos água e sal, vai repassando mentalmente os detalhes da solenidade do dia seguinte. A rádio Itatiaia vai noticiar. Emissoras de tv também ficaram de vir, além de jornais impressos. Por isso, pelos preparativos, pela alegria de uma nova conquista, e porque também toma o café com os meninos, alguns carinhosos com a coordenadora da casa de apoio, outros indiferentes, outros ainda revoltados, Selma não vai acreditar quando o dia seguinte não trouxer nada do que ela está imaginando.

A primeira ação do Herói foi informar aos órgãos de imprensa que a inauguração foi cancelada. Foram avisados um a um, por e-mail seguido de telefonema. O motivo: dona Selma Albernaz havia ficado doente, sofrera um AVC e estava internada. Nova data seria informada a posteriori. Ao mesmo tempo, enviou carta ao presidente da Câmara, informando o adiamento e pedindo desculpas. A carta seguiu do protocolo para o gabinete do vereador em menos de trinta minutos, e a secretária modificou a agenda, enviando aos órgãos de imprensa o e-mail com os novos compromissos do presidente: receberia vereadores de duas cidades da região metropolitana, faria uma visita ao arcebispo para discutir uma homenagem.

Selma pensou no Opus Dei. Havia sido secretária na instituição, no Paraná, limpando e fabricando cilícios para o martírio dos fiéis, que era obrigada a experimentar no próprio corpo. Ela os fazia com pontas mais arredondadas e os modificava após o teste, entrando escondida na sala contígua aos quartos. Não pensava somente em si, mas nas companheiras que também os testavam, arrancando sangue das costas e das pernas. Um dia sua artimanha foi descoberta, as madres consideraram sua atitude uma traição. Ela pensou que seria expulsa, o que vinha pedindo a Deus em suas orações nos últimos três anos, após tomar consciência de que aquela vida não servia para nada, não trazia felicidade alguma. Não conseguia convencer a instituição a deixá-la ir. Mas o castigo foi pior: passou a fazer sozinha o serviço antes executado por quatro companheiras, que foram transferidas para outra cidade. E seu salário, como sempre, era doado "voluntariamente" para a própria igreja. Não via o dinheiro que supostamente ganhava com seu trabalho como secretária.

Agora, Selma deixa de existir. Não teve AVC, mas é dopada o bastante para os médicos não conseguirem restabelecer os movimentos de suas pernas. Durante as alucinações, chama pelo nome os meninos da instituição, mas mistura os acontecimentos com os afazeres sob as ordens do Opus Dei, e seus medicamentos são sempre trocados, ainda que nunca surtam efeito.

Uma vez escrevi um livro que começava com um homem confuso com os sapatos que estavam amarrados um no outro. Ele os tentava desamarrar, mas não conseguia. Não lembrava como tinha chegado àquele ponto e estava no meio da praça principal de uma cidade de meio milhão de habitantes. Não se lembrava de ter acordado naquele dia. De ter tomado café da manhã, coisa que nunca, pelo menos até aquela data (que não sabia qual era), havia dispensado. O homem estava perdido no meio de uma praça cheia de gente, e não podia caminhar porque os sapatos estavam amarrados um no outro. Não podia pedir ajuda porque, pensando bem, não só não sabia como tinha chegado àquele quadro, como também não tinha a menor ideia de quem ele era. Não se lembrava mais de nenhum café da manhã na sua existência, que se resumia, agora, a um livro de quinhentas páginas, quase todas em branco. Então, eu tinha um homem no meio de uma praça de uma cidade indefinida, com sapatos. Mas os sapatos não ajudavam muito, embora ainda protegessem os pés naquela situação, pois a demanda por proteção era muito, muito maior. Antes os sapatos amarrados, pensou, que os próprios pés. O problema principal ali não era o homem não saber quem ele tinha sido. Às vezes o passado tem mesmo que ficar no passado e é melhor que fique para não anular o presente. O problema era ele não ter pistas do que deveria fazer. Nem se havia ações que esperavam num futuro próximo. As duas únicas coisas de que se lembrava eram: estava agachado, tentando desatar os nós dos cadarços, e em instantes, por impulso, levantou-se, estava de terno azul escuro e gravata vermelha, pôde observar. Limpo. Um pouco confuso, mas consciente. O resto eram pessoas passando de um lado para outro, todas estranhas, todas apressadas, nenhuma notando a sua presença. Diferia de todos, principalmente, não pelos sapatos amarrados, detalhe que nem todos podiam perceber, mas por estar parado. Era o único que não tomava um rumo, que não seguia em alguma direção. O livro descrevia como aquele homem, sem passado e sem futuro, se sentia. Ele não poderia caminhar, mas uma enormidade de sentimentos passeou por seu coração enquanto estava no meio daquela praça, numa situação de lamúria.

Foram 236 páginas. Tratados íntimos, pensamentos volúveis, descrição minuciosa da situação, corpos impessoais transitando, uns após outros, sem que nenhum se dignasse a parar. O final do livro? O homem acaba como começou. Agacha-se novamente e tenta, mais uma vez, desamarrar os sapatos.

Penso que a boa Selma, a piedosa alma de Selma, esteja assim confusa, sem saber o que houve, e por que houve. Só o meu personagem tem a resposta, mas não sei se ele chegará a deixar pistas. Este é um dos casos que mais me intrigam. Não vejo razão para a não existência de Selma, mas tenho certeza que há alguém com boas razões para encomendar isso. E em condições de pagar, porque o Herói não trabalha de graça.

Ouço os futuros leitores e eles me perguntam como descobri o meu Herói. Como, se ele é tão brilhante e suas ações são subterfúgios perfeitos para fazer desaparecer o mais conhecido dos bandidos ou a personalidade mais popular de uma aldeia, como um promotor, eu pude saber dele? Eu, que sou seco e taciturno, que tenho um corpo suplicante e um filho imaginário, eu, cuja única companhia é um cachorro dobermann que ficou rouco, fui capaz de descobrir um criminoso tão genial? De que forma?

A resposta vai explicar um pouco o episódio que Herói viveu há poucos instantes, antes de chegar ao hotel em que estou. Ele quer descobrir como Alana soube dele, como o seduziu dizendo que se chamava Mélane e por que deixou que ele visse seus documentos na bolsa. Eu informei a ela. Quem mais? Eu, o futuro dono do personagem. Não disse que ele era o Herói, que tinha desconstruído Assam, o dono dos hotéis em Angola, Dezin, a executiva chinesa, Ernesto, Selma e tantos outros que não entram no relato, mas que ele ajudaria a chegar a Vicente e às senhas de sua conta bancária. Dessa forma, ele tinha que ficar confuso o bastante, imaginando que ela sabia demais. Não vai me matar quando desconfiar de alguma coisa? A pergunta de Alana veio instantânea porque ela não tinha entendido nada do meu plano, mas tinha lido uns livros do Rubem Fonseca e sabia que os assassinos são frios e não pensam duas vezes. Não, querida, ele não mata. Vai aprontar alguma para você, mas isso a gente resolve depois, eu conheço os seus métodos e digo que não são irreversíveis quando deles se tem conhecimento. Conhecimento que nunca houve outrora, está guardado comigo, mas isso eu também não disse a Alana. Assim, ela executou magistralmente o plano. E assim, eu ganhei tempo até ele chegar ao hotel. Porque se tivesse chegado antes, quando desembarcou, eu não teria tido tempo de me preparar, de receber os outros.

Mas nada disso, eu sei, responde à pergunta: como o descobri? Como sei tudo o que sei se não se trata de um personagem de ficção, mas de um homem, real, embora sem nome, que age por dinheiro e convicção? Vou contar. Agora que estou bem perto do livro com o qual venho sonhando nos últimos seis anos, posso contar.

Eu era um homem com meu cão e minha semidoença. Quase não dormia, mas tinha meus sonhos e eles não eram poucos, não cabiam numa narrativa de conto. Procurava um mote para escrever algo maior, maior e mais completo do que tudo que havia escrito até ali. Aí, eu poderia descansar. Descansar de uma vida que para os outros era uma vida sem trabalho, sem sacrifício, mas que para mim, com meus fantasmas e a inconstância que me impedia de firmar relacionamento com mulheres, era uma vida extenuante. Se eu escrevesse o livro — o livro e nada menos —, estaria quite com o mundo e poderia agir como quisesse. Estaria livre de meus compromissos, de meu pai assassino, de minha mãe frágil, até de meu cachorro, fiel escudeiro, lembrando-me o tempo todo que não posso ter outra pessoa comigo e que por isso é ele o meu companheiro de todas as horas. Sei que outras pessoas amam seus cachorros com intensidade, há cachorros famosos com seus escritores, Hilda Hilst afagava os seus, mas eu apenas tenho um cão. Bem, então, eu procurava algo maior e não tinha a menor ideia de aonde iria para encontrar o tal argumento para um livro genial que me tirasse do ostracismo. Fui à farmácia querendo comprar um calmante, mas não estava com a receita, pois o meu médico tinha viajado de férias e se esquecera de deixar uma sobressalente para quando meu medicamento acabasse, o que aconteceu naquela quarta-feira. O atendente disse que não poderia me ajudar, que a receita era indispensável e que ficaria retida para a Vigilância Sanitária. Não caí naquela conversa, pois sei que as drogarias estão mais interessadas em ganhar dinheiro e se manter no mercado do que propriamente atender às exigências de quem quer que seja. Segui para a seguinte e ouvi a mesma conversa. Argumentei, disse que se estava mostrando cópia da receita antiga era porque eu de fato usava aquele remédio e eles sabiam muito bem que alguém que usa um antidepressivo tão forte seria capaz de qualquer coisa, até de voltar à farmácia só para esganar o atendente, se ficasse sem a droga.

Ao sair da terceira farmácia, fui abordado por um senhor absolutamente sorumbático. Ele quase pedia desculpas por estar falando comigo, no entanto, tinha uma proposta. Disse que podia me ajudar. Que tinha me seguido desde a última drogaria, na rua de cima, e que me levaria a um lugar que fabricava receitas, onde eu poderia fazer uma cópia daquela, usada, que tinha comigo, com data atualizada. Não que ele trabalhasse lá ou ganhasse comissão pela clientela que arrumasse, mas por ser muito velho e sofrer muito, assim ele disse, queria aplacar meu sofrimento. Pois bem! Como sempre, achei que não tinha muito o que perder, o que me deixa mais corajoso (ou inconsequente, dirão), e segui com ele. Andamos três quadras, ele sempre um pouco à frente, olhando para os lados de vez em quando, eu achando graça. Chegamos a uma porta suja e pichada, que ficava entre duas lojas de roupa popular na avenida Paraná, concorrentes lado a lado que tinham até palhaços na porta chamando compradores, pobres coitados que ao chegar em casa se arrependeriam de ter pago, ainda que uma pechincha, por camisetas que iriam se desfazer na primeira lavagem. Realmente a porta era insuspeita, ninguém que por ali passasse a notaria. Subimos uma escada e pela primeira vez pude perceber que aquele senhor era por demais magro e fedorento. O fedor que exalava de suas roupas não era só de suor e poeira, mas parecia vir de sua alma aborrecida. Certamente uma alma que preferiria estar em qualquer cão (embora não necessariamente em Prometeu, que come ração e visita o veterinário quando acorda rouco). Se eu fosse um menino malcriado, tamparia o nariz com as mãos e riria. Mas não sou. Estou mais para um velho taciturno como aquele que subia as escadas à minha frente do que para um garoto travesso. Quando chegamos ao terceiro andar, eu quase bufando pelo ritmo que o outro me impusera, ele fez sinal para que eu entrasse. Olhei um pouco assustado para dentro, havia uma mulher horrenda atrás de um pequeno balcão, encardido como as paredes, cuja cor eu jamais saberia definir, que arrotava a cada dois minutos, enquanto falava com uma outra mulher, esta do tipo comum, de óculos, roupa normal, ao menos limpa, limpa até demais para aquele ambiente. Era cliente, eu entendi. Esperei minha vez.

Quando eu era menino, na minha fatídica cidade, que dexei porque as acusações pairavam no ar, me empurrando para uma doença qualquer, e escolhi a esquizofrenia, mas só consegui a sua metade, tinha mania de perseguir as pessoas na rua. Fazia o contrário do que sofrem os esquizofrênicos de verdade, que são eles próprios perseguidos por vozes, cheiros, toques e tudo mais que pode atazanar a vida de alguém. Tornei-me mestre na arte de seguir sem ser notado. Fiz isso com muitos colegas da escola e descobria que eles visitavam mulheres mais velhas numa ruela no extremo da cidade nas tardes de sábado, quando diziam que estavam indo jogar bola. E que voltavam com sorriso estampado no rosto e uma indisfarçável alegria. Descobria que uma de minhas professoras fazia festas surpresa para um médico casado de quem ela gostava muito, mas a quem nunca se declarou. Foi por me lembrar das brincadeiras que preencheram minha meninice, e não por estar à procura do meu personagem, que resolvi seguir a mulher que pagara alguns reais por um documento naquele laboratório ilegal de receitas. Quando ela começou a descer as escadas, veio a vontade e larguei tudo. Para espanto do senhor, que deve ter ficado preocupado de eu possivelmente ser um delator, mas não tentou me alcançar. A moça pegou um ônibus na mesma avenida, mas no quarteirão seguinte, e fiz o mesmo. Desceu no bairro Cidade Nova, onde tomou o metrô até a estação Vilarinho. De lá, andou uns 500 metros a pé, tocou a campainha numa casa insuspeita. Entregou o documento e voltou pelo mesmo caminho. Nesta altura, eu já não estava interessado na moça e, sim, na receita ilegal, e decidi ficar por ali. Não tinha conseguido ver a pessoa que recebera o papel das mãos dela, mas ia investigar. Fiquei por ali a tarde inteira, dormi na estação do metrô e, na manhã seguinte, me ofereci à mulher da casa da frente para lhe arrumar o jardim por uns trocados. Ela permitiu, desde que eu não me aproximasse da porta da sua casa: me pagaria pela janela. Aceitei e sorri, inocente. Não sei arrumar jardins, nunca fiz isso, nem sei se aquele, em frente à casa que eu, escritor transfigurado em investigador, bisbilhotava e onde tinha sido entregue uma receita falsa precisava de algum acerto. Por certo que sim, ou a mulher não teria aceito minha proposta. Para dizer a verdade, sempre quis ter plantas em casa para agradar às raras visitas que recebo, mas elas nunca vingam, nunca duram mais que alguns dias, ainda que eu coloque água, casca de ovo, terra vegetal. Acho que não se identificam com meu jeito de ser, com minhas mãos finas de quem faz muito pouco pelo próprio sustento. Mas não me preocupei diante daquele jardim onde havia gramíneas, roseiras, coqueirinhos e begônias num sem sentido total, espalhadas pelo espaço sem qualquer lógica. Comecei a revirar a terra, porque vejo em filmes que os jardineiros são minhocas de macacão e deveriam ser chamados de terreiros, uma vez que é a terra, e não o jardim em si, as plantas e flores, o seu objeto principal. O fato é que meu trabalho até ficou bom. Ao fim do dia, recebi os trocados e os depositei debaixo de uma lixeira na esquina de baixo para que alguém mais necessitado que eu encontrasse os níqueis e se sentisse a pessoa mais sortuda do mundo.

Eu tinha observado algumas coisas. Que ninguém naquela família, na casa em frente, parecia doente. E que um envelope semelhante ao que continha a receita, mas, ao que parece, com papéis acrescidos tinha sido depositado na caixa de correio no final da tarde. Tive, com o maior cuidado e ferindo meus dedos, que desparafusar a caixa e retirar o envelope. Copiei o endereço do destinatário, cujo nome não havia. Devolvi os parafusos à caixa e também o envelope. No dia seguinte, fui ao endereço indicado, chegando lá antes do carteiro.

Era um prédio no centro da cidade, e o escritório ficava no quinto andar. Tratava-se de um amontoado de despachantes, um dos quais recebeu o envelope. Eu me passava por cliente, mas a cada hora queria uma coisa diferente; eles, atordoados, me passavam para um e outro, até que cheguei à mesa daquele que estava com o envelope despachado da casa em Venda Nova, mas que, como eu disse, não tinha o nome do destinatário. Fiz de tudo para que aquele homem simpatizasse comigo e o convidei para um chope no fim do expediente. Mas dei um jeito de ficar por ali, tirando fotocópias de documentos sem importância alguma, fingindo telefonar para minha secretária, nervoso com a burocracia para limpar o nome e comprar um imóvel, sempre de olho no tal envelope. Até que um dos office boys que passavam por ali o tempo todo pediu um envelope com o código 145. Chamou minha atenção porque ninguém tinha usado códigos para envelopes até então, e foi quando exatamente o embrulho de documentos que eu havia seguido até ali foi transportado da mesa do despachante meu amigo para as daquele menino de seus 13 anos, trabalho infantil nem de brincadeira, hein?! Concluí que não precisaria mais daquele chope e, para surpresa de todos que tinham se envolvido nos meus emaranhados de histórias com documentos, despachos e telefonemas, saí atrás do trabalhador mirim.

Como teria dificuldade para segui-lo pelo centro da cidade, e certo de que ele nada sabia do que levava, bati em seu ombro ainda na portaria do prédio e me ofereci para ajudá-lo.

— Tá de brincadeira, mano? Quer me roubar assim, na cara dura? Sai fora, veião!

— Olha, mano, você é que tá de brincadeira, não é? Pois não sabe que o combinado mudou. Eu sou investigador da Polícia Federal e estou atrás do dono do código 145 e vou acompanhar a entrega, tá bom?

— Que conversa mais doida é essa? Você é da polícia? Não vai me ferrar, hein?!

Puxei o menino pela camiseta até um canto, sob os olhos curiosos do porteiro, que, no entanto, parecia mais preocupado com umas meninas de short e tatuagem acima do joelho a esperar o elevador. Disse a ele que não brincasse com perigo e que teria uma gorjeta, metade do que ganhava por mês, se me levasse até o destino da entrega. Ele fez que sim, me olhou de cima a baixo, certamente duvidando que a PF tivesse um investigador tão velho e com cara de doido como eu. Mas não resistiu mais.

O envelope foi entregue a uma clínica de saúde mental de fundo de quintal no bairro Aparecida, bem perto da Pedreira Prado Lopes, a favela mais perigosa de Belo Horizonte. De lá, quatro homens seguiram numa van em que estava pintado *Escolar* até uma oficina de desmanche de carros, na avenida Pedro II. Entraram como se conhecessem o lugar, anunciaram a um dos sócios do negócio que ele seria levado para um tratamento psiquiátrico no interior do estado. O homem tentou sacar da arma, mas os falsos enfermeiros também estavam armados. Dominaram-no, diante do olhar atônito do outro sócio, que aguardou, encurralado num canto da oficina. Descobri depois que o tal homem, que ficou sob efeito de remédios por dois dias e depois foi transferido para uma cidade no vale do Jequitinhonha, era, na verdade, um dos mais perigosos traficantes da Pedreira, e que uma semana antes de ser pego tinha comandado uma chacina num bar em Ribeirão das Neves, em que cinco homens e duas adolescentes foram mortos. O fato havia tido repercussão nos jornais, e por pouco não fizera cair o secretário de Defesa Social, que havia perdido o controle do tráfico nas favelas da capital mineira.

Então alguém tinha armado para aquele bandido, e não tinha sido a polícia, pois não agia daquela forma: ainda que não tivesse provas para prendê-lo, simularia uma apreensão de drogas, não teria o trabalho de falsificar receita e outros atestados de insanidade, que já estavam naquela casa em Venda Nova à espera de serem remetidos para a tal clínica, por meio de um escritório insuspeito de despachantes no Centro. Fiquei intrigado com uma coisa: por que o envelope não seguiu direto para a clínica, pelo correio? Que carteiro iria se preocupar se aquilo ali era uma casa ou uma instituição médica clandestina? Mas também, pensei depois, se há caminhos mais longos e tortuosos para se esconder pistas, por que escolher o mais rápido?

Até ali, eu havia seguido a trilha de ação do meu protagonista, mas não descobrira sua verdadeira intenção, tampouco sua identidade. Soube que ninguém que participava daquelas operações para fazer sumir uma pessoa tinha a menor ideia do que estava acontecendo ou para quem estava trabalhando. Era coisa de mestre. E o que mais me intrigava era que a morte não estava presente. Estaria lidando com alguém que respeita a vida, ou haveria motivo menos nobre para aquela ação não terminar em assassinato. Pensei na desconstrução segundo o conceito de Jacques Derrida e na desconstrução que ali era processada. Uma visão distorcida. Mas quem ele era? Não seria fácil descobrir. O Herói, que àquela altura dos acontecimentos ainda não tinha esse nome, não se deixava descobrir, e o seu único erro foi nunca ter acreditado no acaso. Para ele, o acaso é uma desculpa, não um fato. Coincidência não passa de uma versão sem qualquer embasamento científico, definia para si mesmo, porque o Herói é, como eu, um homem solitário. Preso na singularidade de si mesmo. Isso que pensava da coincidência pode ser a regra, mas como toda regra tem exceção, ou deixa de ser regra, sei que os acontecimentos nem sempre dependem da vontade humana. Recorro ao dicionário, e ele diz que de acordo com a teoria do acaso, que consiste em reduzir todos os acontecimentos do mesmo gênero a um certo número de casos igualmente possíveis, e que se aplica a todos os domínios do acontecimento, é possível, por meio de cálculos matemáticos relativos a toda espécie de acidente e suas causas, suprimir, até certo ponto, o acaso que os determinou. Daí o corolário de que o acaso não existe senão para os fatos isolados; os fatos numerosos de uma comparável estão sujeitos a leis. Mas se a casualidade faz parte da vida, ainda que em momentos raros e individualizados, é preciso acreditar também nela. Os cientistas conceberam a origem da humanidade no planeta como pertencente à teoria do acaso, na chamada sopa pré-biológica, acidentes aleatórios que teriam dado origem à vida. Mas ao ser descoberta, a matemática — minha consagrada amante — mostrou que não, e teve como parceira — num acesso de homossexualismo — a biologia molecular. O cálculo de sir Fred Hoyle, que nasceu em Bingley, Inglaterra, em 1915 e morreu, polêmico e famoso, em 2001, mostra que as mais simples células são extremamente complexas, com seus ácidos nucleicos, enzimas e moléculas, juntas numa sequência precisa. A probabilidade de algo morto se autoanimar por acaso é refutada pela biologia molecular. Hoyle disse que essa probabilidade, segundo cálculos seus, seria de $10^{40.000}$. Como os matemáticos consideram a probabilidade de 1 para 10^{50} já impossível, Hoyle afirmou então que a vida não poderia ser obra do acaso, e que toda a matéria presente no universo, na verdade, sempre existiu. Para nós, mortais com mentes tão reduzidas — ou será só a minha e estou delirando quando quero definir a humanidade e ainda por cima citar princípios matemáticos que minha semiesquizofrenia não deixou que eu estudasse? —, eu ia dizer, para nós, que ouvimos vozes do além, melhor ficar com um pouco do acaso, melhor adotar a crença de que algumas coisas, sim, acontecem sem a maestria dos cálculos exatos, fogem à nossa vã filosofia de vida e teimam em aparecer sem exatidão. Mas ainda tenho que registrar a última citação da minha pesquisa. Wickramasinghe, escrevo com cuidado cada letra do nome de Chandra, um colaborador de Fred Hoyle, fez a seguinte dramatização: "As hipóteses de a vida ter aparecido por acaso e de forma aleatória são semelhantes às hipóteses de um ciclone soprar num cemitério qualquer de automóveis e construir-se assim um Boeing 747."

Um homem faz um filme, e o filme do homem sai andando sozinho, atinge um público que não era o seu alvo, causa uma sensação oposta à intenção do diretor. Isso foi o que aconteceu com *Tropa de elite*, mas o que ocorreu com o Herói foi que primeiramente eu soube do seu crime — ou anticrime, como ele preferiria denominar. Não foi fácil descobrir como ele fazia aquilo, mas também não foi tão difícil: por dedução lógica, se você tira a identidade de uma pessoa, os documentos, paga aos seus conhecidos para o desconhecerem diante de outros, você desconstrói uma pessoa. Mas quem era ele? Como eu poderia observar seus atos e transformá-lo no protagonista de minha obra se não o conhecia, não sabia onde encontrá-lo? Isto, sim, não foi fácil. Minha vida passou a ser uma procura só. Não fazia mais nada, só tentava achá-lo. Para isso, investiguei a vítima. Com ajuda de um detetive da polícia civil, cheguei ao homem que quis eliminar o traficante sem que ele fosse morto. Neste caso, a morte levaria à vingança de sua gangue sobre a gangue inimiga, justamente a que tinha armado para que o traficante fosse parar no Jequitinhonha mas continuasse vivo. Naquele momento, a rivalidade das gangues, não só pelos pontos do tráfico, mas também pela própria identidade e superioridade, havia rendido já quatro chacinas, com um total de 18 pessoas mortas. Porque não é só a disputa pelas bocas de fumo que provoca as mortes. As gangues criam um sentimento de superioridade nos seus membros. Meninos que nada tinham passam a ser alguém, másculos, com dinheiro, compram motos, aparecem para as meninas como matadores, homens de verdade, como creem, homens que nada temem. Se a gangue rival ameaça, vira uma guerra, e é uma guerra de território e não é so a droga que está em jogo. Por isso, a opção pela desconstrução em vez do simples assassinato. Mas que gangue teria esse raciocínio? Se não era a polícia, a quem não importa, na prática, o fim da disputa, também nenhum membro daquelas gangues chegaria a essa conclusão, de que era melhor tirar do circuito um líder tomando-o por louco do que matá-lo, o que reacenderia a eterna e prejudicial concorrência. Seria a intenção de outra pessoa, então. Com dificuldade, e estudando não tão de perto, pelos riscos que corria, cheguei a uma entidade, uma organização não governamental que queria se firmar na favela, talvez a única que realmente lutava pelo fim daquelas mortes. Não tinha a ilusão de acabar com o preparo e a distribuição do crack, da cocaína e da maconha, mas queria a paz para continuar atuando ali, com verba do governo da Itália. Foi, então, essa instituição que contratou o Herói, vim a descobrir pagando cerveja a uma universitária de 20 anos que trabalhava na ONG e achava que eu realmente era um correspondente de um jornal de Roma. Eu, taciturno e sexagenário, saí com ela, a levei a museus e bares, raramente a motéis, durante cinco meses. Ela pedia para fumar maconha na minha janela, eu perguntava se não trabalhava contra a droga, ela dizia que isso era na organização, com os favelados, mas que mal tem o cigarro em si? Não estava matando ninguém por alguns tragos. Consegui muita coisa concordando com suas teorias, mas vi que ela não tinha a menor ideia de quem era o autor da façanha de fazer sumir o traficante. Participara de tudo, mas ninguém no seu grupo sabia quem estavam contratando, a quem estavam pagando. Não havia uma conta bancária? Sim, mas com nome falso, certamente. E o contato inicial? Pelo segundo maior jornal de circulação do país, em forma de mensagem cifrada, numa página dos classificados. Um dos membros da instituição tinha ouvido falar, na sua faculdade de direito, que pessoas sumiam misteriosamente, sem deixar rastros, e que tudo se dava em torno de uma entidade chamada APAGAR DAS LUZES, e estes eram os dizeres no jornal. Havia um telefone celular pré-pago que recebia chamadas, mas que jamais era rastreado, conseguindo fugir aos mecanismos mais modernos de localização. Atendia sempre uma gravação, que ia pedindo as coordenadas: nome e endereço da vítima, informações pessoais e todo tipo de contatos que tinha, se era pessoa pública ou não, se tinha aparecido em algum programa de TV. O serviço era bastante caro, pago em dólares, o banco era estrangeiro.

    Continuava difícil chegar a ele, mas eu já tinha certeza de que tinha encontrado o que queria. Sempre quis algo parecido, um personagem diferente, e ali, certamente, havia uma organização inteira, eu imaginava, dezenas de pessoas responsáveis por fazer desaparecer alguém sem tirar sua vida. Não imaginava que era uma pessoa só. Era preciso contratar os serviços para tentar chegar a quem eu queria. Não seria fácil, mas fiz a chamada e inventei uma longa história sobre meu vizinho, o médico Jacques Descartes. Ele tinha que sumir do mapa, eu disse à voz que parecia gravação, mas que bem poderia vir de um simples aparelho de áudio para distorcer o som. Meu pretenso inimigo era dono de uma clínica que fazia experiências com crianças, tratando de uma doença rara, a síndrome de perisylviana, que provoca distúrbios na fala e epilepsia, coisas que nunca tive, mas imaginei também fazer parte de meu mundo. O tal médico, eu disse, estava deixando as crianças mais frágeis do que eram, na verdade, e usava seu tratamento para injetar medicamentos que iriam desenvolver nelas a tolerância ao vírus da gripe, mas a experiência não era reconhecida pelas autoridades, tratava-se de um charlatão. A princípio, a voz mecânica sugeriu que eu procurasse um matador, que, argumentou, cobrava muito mais barato e fazia o serviço em pouco tempo. Eu disse que não, que se ele morresse, com ele morreria a fórmula que havia desenvolvido e que, eu sabia, sequer escrevera em algum lugar ou guardara em algum cofre de banco. Com o trabalho de desconstrução (eu uso o termo pensando que Derrida me

mataria por isso), transformando-o num doente mental —
até então eu achava que era a única solução que o Herói dava
para suas vítimas —, eu poderia, um dia, investigar sua mente e descobrir seu segredo, a fim de desenvolver uma vacina
contra gripes que, se conseguisse passar pelos laboratórios,
seria um enorme sucesso. A voz contra-argumentou, afirmando que nem eu nem ninguém ouviria falar de Jacques
Descartes depois que o trabalho fosse executado. Ainda assim, aleguei, queria contratá-lo, pois teria tempo para investigar algumas teorias a respeito de seu experimento e, com
artimanhas que não poderia revelar (e que na verdade não
existiam), chegaria à tal fórmula.

Depositei 28 mil dólares numa conta em banco da Suíça
me achando o homem mais sensato do mundo. Eram boa
parte de minhas economias, eu que não tinha muito o que
esperar de meus próprios ganhos e poderia estar cavando a
própria falência, mas não havia escolha. Tinha que chegar
até ele. Ou morreria como escritor, restando muito pouco
para uma existência.

Foi quando cometi o meu próprio crime. Jacques Descartes era, na verdade, um bom médico, destes idealistas que trabalham em posto de saúde e ganham pouco mas que já
atenderam em consultório e têm, ao menos, um sítio ao qual
levar a família nos fins de semana. Acontece que a família já
não precisava dele para ir ao sítio, e a mulher o deixara, levando os dois filhos e metade do que havia acumulado nos 25
anos de profissão. Talvez nunca tivesse ouvido falar em
síndrome perisylviana, exceto na faculdade, *en passant*. Como
eu, morava sozinho. Não exatamente como eu, pois eu tinha

Prometeu, e ele, apenas um casal de canários na varanda do apartamento. Era uns dez anos mais novo que eu, mas aparentava ser muito mais velho, carregando um cansaço de quem atende gente que chega de madrugada para enfrentar filas e xinga os médicos como se eles fossem os culpados pelas doenças e outras coisas de uma vida sofrida mas levemente tranquila, sem muitos sacrifícios. Pois bem, eu só tinha a ele, que era meu vizinho de porta e cuja única rotina diária era descer até a garagem, sempre às 6h30, pegar o carro e seguir rumo ao bairro São Lucas, onde ficava o posto de saúde em que atendia cinco vezes na semana. À tarde, trabalhava num hospital de pronto-socorro do Estado, às terças, quintas e sábados. Nenhuma atividade paralela. Nem esporte, nem clube de xadrez, nem bingo. Aos domingos costumava ir ao Mineirão, quando havia jogo do seu time, mas era raro sair. Visitava os filhos de 15 em 15 dias, sempre aos sábados, hora marcada, amor de pai com hora para começar e para terminar. Invariavelmente, levava um presentinho para cada um dos dois meninos. Era minha única saída, sacrificar o vizinho que não chegava a ser um amigo mas que, de certa forma, me fazia companhia, sendo o que era, um vizinho de hábitos rotineiros. E ao contratar os serviços da tal entidade APAGAR DAS LUZES, eu estava certo de que descobriria como agia. Já imaginava o livro pronto. Não teria aquele nome para não entregar o ouro e acabar com a atividade, mas algo parecido que eu ainda não tinha decidido. O nome era sempre a última coisa para mim. A última escolha de palavras.

    E foi assim, com gasto exorbitante para meu padrão de vida e muita dificuldade, quase perdendo tudo quando tinha ataques semiesquizofrênicos, que consegui seguir as pessoas que agiam a mando do Herói, que seguiam o médico e preparavam um plano diabólico para que ele fosse denunciado por abuso de menor quando atendia crianças no posto de saúde, preso, solto por habeas corpus, transferido para um hospital do estado numa cidade longínqua e exonerado da prefeitura. Segui-o até a cidade de Aimorés, e foi quando, finalmente, conheci o meu personagem.

Naquela cidade, onde ainda trabalhava o médico, antes de ser denunciado uma segunda vez pelo mesmo crime e finalmente encerrado atrás das grades para sempre e, com a conivência do delegado e fraudes na papelada, transferido para uma cidadezinha do interior da Bahia, de onde ninguém mais ouviria falar dele, foi que tive a principal pista para encontrar o que eu julgava ser um grupo de desconstrutores. A ex-mulher tentou achar Jacques Descartes, foi até Aimorés, mas a mandaram para Vitória, capital do Espírito Santo, quando na verdade ele estava em Vitória da Conquista e já tinha mudado de nome nos documentos. Falavam que Jacques Descartes era uma brincadeira, um nome que inventara para impressionar os menores que corrompia, e agora seus documentos mostravam que seu verdadeiro nome era Vitor Afonso de Santana e que seu CRM era falso, não passava de um enfermeiro com ensino médio. Serviço feito, pago com antecedência, nenhum contato mais com a tal entidade. Mas em Aimorés, pude ver o rosto e fotografar com uma câmera digital bem discreta uma mulher que trabalhava para ele, pois eu, um homem do passado, me tornava moderno para chegar perto do Herói. Procurei depois por ela em Belo Horizonte, mas fui encontrá-la só seis meses depois, num velório em São Paulo, depois de pesquisar pela internet sua imagem e descobrir que era parente de um cientista que estava à beira da morte. No enterro dele, lá estava ela. Então, não foi tão difícil. Eu a segui dia e noite. Trabalhava num escritório insuspeito de informática, ao lado de uma delegacia de polícia, almoçava no shopping e morava com os pais em Santo Amaro. Mas seus gestos mudaram, ainda que sutilmente, quando se encontrou com um homem que não era seu namorado, mas lhe dava o braço ao entrarem no shopping Iguatemi, onde ficaram por alguns minutos conversando na fila do cinema para depois saírem discretamente, um cinco minutos antes do outro.

Foi quando comecei minha saga. Nunca mais deixei de segui-lo, e vim a descobrir mais tarde que agia sozinho. Mudava a cada ano, ou em menos tempo, as pessoas que contratava para ajudá-lo nas diversas facetas de sua arte. Ele nunca soube de mim, mas não me decepcionei com sua falha. Afinal, como teria o meu livro, como teria meu principal personagem, se não tivesse sido possível segui-lo pelo mundo? Não há crime perfeito, não há criminoso perfeito, mas o Herói tinha algo que o diferenciava: ninguém praticava o crime que ele praticava. Ele o inventara para si mesmo e merecia estar num best seller. A minha obra.

Toda esta narrativa me cansa o suficiente para ter uma homérica dor de cabeça. Fiquei muito concentrado para dizer somente a verdade, para narrar só o que de fato aconteceu, pois, como já disse, muitas vezes tenho ataques e meus remédios não são eficientes o bastante para me livrar de invenções que não quero misturar com a vida real. Claro que quando estou escrevendo sou prejudicado pela doença — ou semidoença, o que não a torna menos prejudicial. Sempre que estou consciente, revelo meus escritos e tiro deles os fantasmas que me assombram quando perco o chão, o tato, o olfato e, principalmente, ganho novos ouvidos, tão venenosos quanto foi o crime que cometi para chegar até aqui. Quando estou por demais fatigado, leio alguma coisa diferente para respirar. Por isso, nesta manhã, peguei o jornal e li uma crônica, "A caçadora de histórias":

Ela tinha uma maleta cor de ferrugem. Na outra mão, trazia um punhado de balas de menta e, a tiracolo, um notebook. Seria diplomata, não fosse essa a profissão do marido, mas o ponto de interesse é que tinha muitas histórias para ocultar e algumas falsidades para contar. Dos aeroportos, seguia para hotéis quatro estrelas e, de lá, colocava anúncios na internet oferecendo dólares, libras, pesos, euros e yuans a quem lhe remetesse os melhores relatos. Certa perturbação que sentia quando recebia um deles era insuspeita para quem estava ao redor. Então, tornava-se cada vez mais fácil disfarçar e seguir adiante.

Não acumulava o que recolhia das viagens. Ela os publicava numa revista literária de circulação mundial. Eram contos sobre o corpo perfurado de balas encontrado no pequeno riacho atrás da casa de dois andares em Córdoba, os gêmeos fantásticos que serviam sanduíches de carne de cobra em Bombaim, a mulher de 107 anos que tocava piano em Viena e conquistara o coração de um jovem amarelo de pescoço de girafa. Usava pseudônimo: Clara Vic Olaf. Nin-

guém a conhecia, e, se conhecessem sua história, só lhe perguntariam o que ganhava com aquilo, pois não cobrava pelos contos nem se tornara famosa. Vinham do salário do marido os quadros de pintores russos, a coleção de DVDs de Fellini, livros como Aden, Arábia, de Paul Nizan, Lituma nos Andes, de MarioVargas Llosa, e milhares de outros que não conseguia ler e que enchiam as prateleiras de sua casa em Ottawa. Para as viagens, bastava continuar casada com o diploma que não lhe propiciava histórias, apenas convites para coquetéis chatos em que a conversa girava em torno das tendências da moda da próxima estação, sempre da próxima, pois a atual, já que não era seguida por algumas mulheres da roda, não valia a pena ser analisada. Jantares também, e alguns passeios interessantes, mas não era seu talento colher impressões que se transformassem em poesia. Como os campos planos do romance Entre os atos, em que o gramofone toca músicas antigas, livro que Virginia Woolf bem poderia ter escrito em forma de versos. O talento da falsa Clara Vic Olaf, nome sem nacionalidade, pompa ou exatidão, era comprar relatos e enviá-los à revista. Nos quartos de hotel em diversas partes do mundo com que o Canadá tinha confabulações econômicas, culturais, científicas, quase nunca políticas, ela se realizava apropriando-se de forma legal, porque muito bem paga, de narrativas que ia soltando aos ventos. Jamais publicaria um livro. Não era isso que Clara buscava. Apenas queria que as histórias, falsas ou reais, que lhe chegavam por meio de um anúncio na internet, fossem devolvidas ao mundo com poucos retoques feitos no notebook, acostumado a circundar os relatos sem dilacerá-los. E devolvidas poucos dias após compradas. Não era uma forma de ganhar dinheiro. Não melhorava a vida *de africanos segregados nem de índios famintos em países latinos. Não descobria fórmulas de medicamentos nem acrescentava charme ao mundo da arte. Cores de Renoir, encontros de palavras de Pessoa. Nada que chegasse perto. Mas dormia realizada. Era a sua vida.*

Se eu tivesse uma filha, ela seria assim, uma caçadora de histórias, mas meu filho não, ele tem outras aptidões. Ainda não é hora de falar dele. É cedo, e a dor de ter um filho é imensa para alguém como eu.

Estou neste momento num hotel em Copacabana, remoendo o que descobri faz duas semanas. O desconstrutor vai deixar de existir e nascerá, em seu lugar, um matador. Um reles assassino, como há milhares no país, milhões no mundo e nos livros. Não posso deixar que aconteça. Ou não terei o protagonista do meu romance. Só preciso dos detalhes de como age para escrever o livro, entregá-lo a Lucas para que produza um documentário depois, baseado na minha obra. Vou tentar evitar que ele cometa o assassinato. Mas minhas pernas doem, e fraquejo quando tento descer as escadas do hotel, já que sempre evito os elevadores, pois eles me dão tontura.

Localizei Francesca e ela concordou em pegar um avião para cá. Vai deixar os filhos com o ex-marido, foi o que disse; eu fingi que acreditava. O Herói tem certeza de ser muito esperto, mas mesmo com minhas pernas fraquejadas e a para aptidão para afazeres de computação — nisso Prometeu não pode me ajudar —, descobri coisas que ele nunca soube. Certamente foi enganado pelo coração e cegado devido à pele sensual da mulher que amou em Cartagena, não há outra explicação. Como não percebeu a verdadeira atividade de Francesca? Como nunca lhe perguntou o que, sendo italiana de família de aviadores, estava fazendo naquele país? Como nunca se preocupou em certificar-se de que aquele marido que lhe depositava dinheiro existia mesmo ou se os filhos que estavam com ela eram realmente seus, ou tomados emprestados numa instituição de caridade e treinados por um ano para formarem uma família de fachada?

Também encontrei Vicente P. de Morais internado num instituto para cegos em Campinas depois de um acidente com fogos de artifício, quando fazia teste para emprego numa fábrica. O cartão bancário gasto e finalmente cancelado depois de tantas tentativas de resgatar o dinheiro na conta de Alana. E também convoquei Selma Albernaz, que, apavorada e recuperando-se de um acidente vascular cerebral fictício, trabalha como ajudante de cozinheira numa creche no interior do Rio Grande do Sul com documentos forjados por terceiros. O político, Ernesto Landes, foi o mais difícil de localizar. Talvez um dos mais complexos casos realizados pelo Herói, o deputado foi tão perfeitamente banido da convivência dos outros que quase não deixou o menor sinal. Seus eleitores certamente não se lembram de ter um dia votado nele. Mas eu o encontrei, ou o que restou dele. O homem que foi deputado está em frangalhos. Contraiu tuberculose e, como já era diabético, chega sem uma perna.

Agora, os quatro estão diante de mim, no saguão do hotel, e sinto que terei mais um ataque da doença pela metade que carrego nos bolsos da mente. Eles são personagens de uma obra que escreverei, mas não sabem disso. Arrastaram-se até aqui, com a dificuldade de enguias em piso escorregadio, com a esperança de recuperarem um pouco que seja do que foram um dia. Estão aqui não por mim, por outra pessoa. Por ele. Francesca não foi sua vítima, mas será seu algoz. É sobre sua cabeça que primeiro aparecem as miniaturas de girafas voando como moscas. Elas traçam círculos e elipses. Quase posso ouvir seus gargarejos, como se usassem limão e sal para limpar a garganta, preparando-se para uma apresentação de canto no Municipal. Olho para Vicente: não há girafas sobre a cabeça dele. Está límpido, branco como papel de seda, mas de repente é todo picotado pela tesoura que Selma tem nas mãos. Não estou louco, eles realmente estão interagindo. As girafas serão as próximas vítimas da tesoura, tenho certeza absoluta. Escreveria essas cenas e registraria o texto em cartório, mas tenho uma vaga impressão de que não é para isso que estão aqui. Preciso voltar e procurar por Prometeu, que ficou lá fora, impedido de entrar. Se eu chegar até ele e afagar seu pescoço, se ouvir seus latidos de amigo, talvez consiga voltar. Não sei quanto tempo ficarão aqui, à minha disposição. Talvez devesse ter dito a eles que eu tenho ataques momentâneos, que para mim duram dias, anos até, mas que, para quem me assiste num desses monólogos, parecem não passar de dois ou três minutos. Foi penoso e dispendioso descobrir o paradeiro dos três. Ou de quantos sejam aqueles de quem estou falando. E antes de prosseguir, penso novamente na literatura, que é, para muitos, pano de fundo. Há os jornalistas-escritores, os professores-escritores, os tradutores-escritores. Também há médicos, engenheiros, empresários que usam as horas vagas, os restos do dia para lutar pelo encadeamento das palavras. Para mim, não. Por causa da loucura que me persegue, não pude dar aulas de matemática, como planejei. Só me restou a literatura, e foi ela, somente ela, o foco principal da minha vida. Não por opção, mas porque, para alguém como eu, não havia escolha. Segundo Ernest Becker, os homens são tão necessariamente loucos que não ser louco seria uma outra forma de loucura. Eu poderia pensar que sou como os outros. Afinal, tomo café da manhã, saio para caminhar, faço compras na mercearia e leio jornais, como um homem comum. E que tem um cão. O que é mais comum ainda. Mas como forma de vida, na minha semiesquizofrenia (preciso usar esta palavra muitas vezes para que me pertença) nada cabe exceto a literatura, assim como poderia ter cabido nada exceto a pintura, pois não foi o próprio Van Gogh um desvirtuado da sanidade mental? Por isso pintou maravilhas. Mas me falta o talento com as cores, e nem sei segurar um pincel.

O fato é que, como não tenho talento para nada, exceto, como disse, para escrever livros, estou com os quatro no saguão do hotel e não sei o que fazer. Minha intenção, que tem a ver exatamente com a sobrevivência do protagonista do meu próximo livro, e com a minha própria, é não deixar que ele se transforme num assassino. Que não deixe a fantástica arte da desconstrução para se tornar mais um matador. Mais um dentre tantos. De que me servirá um criminoso comum? Basta abrir o jornal do dia para vê-los, aos borbotões, cruéis, insanos, ou enganados pelo nervosismo do momento, como nas brigas de trânsito em que o arrependimento vem tão logo o crime se consume. Não, não preciso deles. Estão em livros de

Poe, de Fonseca, de tantos escritores geniais que não sou e, portanto, preciso de algo diferenciado. Prometeu está lá fora ainda? É uma necessidade sonhar com isso. Se eu quisesse a piedade teria ficado em casa, porém me levanto, prossigo com minha obstinação por ele, a quem chamo de Herói.

Preciso tomar um comprimido. A luta por um copo d'água. Como um copo d'água pode ser um pote de ouro. Estará no fim do arco-íris?

Estou tentando terminar o livro, mas as letras ficam em azul, hiperlinks, aceitar marcação, rejeitar marcação, tudo me confunde. Não é mais questão de ter tomado um uísque ou um antidepressivo, é questão de não saber como cheguei até aqui. Como o segui pelo mundo? Há mil explicações para a existência desse personagem, mas não deste escritor. Jovens numa biblioteca procuram por meus livros, têm certeza de que o meu nome estava na bibliografia indicada, mas nada encontram. Pela internet não conseguem comprar meus livros. Vou ao Fórum das Letras, em Ouro Preto, mas tudo o que consigo é fazer uma pergunta pelo microfone, nada mais, não sou notado. Ele é que não deveria ser notado, mas eu o descobri, e foi quando começou o seu fim. Eu mesmo sou responsável pelo fim do meu personagem, que, no entanto, está vivo, muito mais vivo que eu. Procuro o dobermann e, por incrível que pareça, ele está aqui, ao meu lado, esperando a sua ração. Meu único amigo de verdade, o único que me acompanha, o meu herói escrito com minúscula, aquele que não me abandonará, mesmo que eu esqueça a sua água. O único capaz de me perdoar, de me seguir. Não pelo mundo, mas pelo apartamento, minha redoma.

Quando alguém diz que fulano escreveu um livro, não exprime a dor. A mínima dor é a maior de todas para quem escreve. Não fala dos passeios que deixou de fazer, dos feriados no meio da semana como dias de intenso trabalho, para traçar tramas que unem personagens de que o leitor vai gostar. Ou absolutamente não. Os personagens são ingratos. Passam a metade do livro dependendo, se antes da pena, agora do teclado, para na outra metade agirem sozinhos, por intuição ou planejamento de ações que não mais dependem do autor. Este renuncia a pessoas, a situações, a passeios em museus, a prolongados almoços de domingo em restaurantes fora da cidade. O tempo, intercalado com os afazeres que dão sustentação à casa e à família, torna-se o seu bem mais precioso. Mas isso não vale para escritores como eu, que vivem do ofício. E, claro, da pensão que ainda recebo porque o governo sempre me considerou um inválido. Meu pai assassinou sua família e eu estava lá. Para ver a cena crua que me marcaria para sempre, porque antes daquilo tudo meu pai era o homem que me trazia leite quente na cama, que contava histórias de sapos e urubus que iam a uma fantástica festa no céu. Então, se tornou um lobo cruel, ensanguentando a minha memória para sempre. Como sobreviver a isso? Acordo, como sanduíches no café da manhã, sanduíches no almoço e no jantar, não porque me vá faltar o precioso passar das horas. Não tenho mais nada a fazer. Nem mulheres nem filhos dividem comigo a vida. Não falo isso com rancor ou tristeza, estou bem assim, sem amigos nem crédito no banco. Bem encravado numa solidez que é pura solidão, mas que também é vida. Tenho meu objetivo, que é, neste momento, descobrir o que fazer com os quatro que estão à minha frente.

Não me lembro por que os reuni aqui. Ao telefone, disse que sabia quem lhes tinha tirado a identidade preciosa. Que poderia ajudá-los a voltar à antiga vida. Mas não farei isso. Não anularei o trabalho do Herói, do qual dependo. A não ser que só o fato de reuni-los aqui, de vê-los sentados na poltrona em Copacabana, unidos pela ansiedade — exceto Francesca, tranquila e confiante — já esteja destruindo algumas façanhas de Hércules. O que restará dele, depois que souber que eu, um inofensivo escritor semiesquizofrênico, consegui descobrir o seu ofício?

Tento marcar para o dia seguinte, porque estou perdido e desta vez não é a doença a desculpa. O ponto de fuga, que não é de Van Gogh ou Renoir, não existe no momento em que abro minha boca.

Eu leria o meu próprio livro, se tivesse um comigo agora. Ou desceria as escadas que me separam da rua, entraria na livraria, pegaria minha obra na estante, entre um J.M. Coetzee e uma Lygia Fagundes Teles, perguntaria pelo preço. Ou não, pediria para embrulhar para presente, pois levaria independentemente do preço. Então, pagaria com cartão de crédito, para quitar quando recebesse os direitos autorais.

— O quê? Não esquece que eu ainda tenho uma 38 comigo. Posso não enxergar sua fuça, mas meto bala assim mesmo, hein?

— Entrou armado aqui, no hotel? Parece impossível.

— Tá louco? Foderam com a minha vida, me deixaram cego, sem trabalho, sem dinheiro. Acha que vou dar mole por aí? É claro que estou com a arma. Vê se não se faz de besta. Você disse que ia revelar quem tinha feito a cagada comigo.

Não sei se é verdade ou se está blefando. Olho para a cintura do homem mirrado que está à minha frente, com óculos escuros e bengala. Não há nada aparente. Mas ele tem uma bolsa, uma pequena mochila com o logotipo de uma companhia de telefonia móvel. Pode estar realmente armado. Seria o meu fim. Olho para Selma e não vejo quase nada. Se ela foi uma mulher de presença algum dia, isso ficou para trás. Está calada e assim fica. É a mais desesperançosa dos três. Não tem opinião, apenas aguarda. O contrário de Francesca, que tem confiança em si mesma o bastante até para ir embora sem o que espera. E voltar cinco minutos depois para conseguir só para si o que foi oferecido ao grupo. É perspicaz. Não foi à toa que enganou o Herói, mostrou que ele não é perfeito no seu mirabolante mundo de anulações de identidade. Fingiu ser uma mulher romântica e o usou no seu disfarce em Cartagena, de mulher do bem. Trabalhou para Juan Carlos Abadía com a maestria de uma traficante de primeira e sonha um dia ser uma. Mesmo depois da prisão do traficante no Brasil, um dos mais procurados do mundo, continua na ativa, e nada a impede.

— Está bem, fiquem calmos. Vou entregar a vocês o homem que fez isso tudo. Não vou voltar atrás. Por isso Francesca está aqui. Ela não teve prejuízos com esse homem, que chamo de Herói. Mas é a única que pode acabar com ele. Porque tem a frieza necessária. É profissional.

— Está me ofendendo, hein? Você não me conhece. Ainda sou capaz de matar, tá legal? — retruca Vicente, por detrás de seus olhos sem vida. Levanta-se, mas de repente, como se sua desconstrução tivesse sido completa, não tem pernas ou pé. Não só é cego, como não tem olhos no rosto negro. Nem boca ou nariz, nada. Para dizer a verdade, que neste caso não é mais que uma mentira rebuscada, ele não existe.

Então começa a circular pelo saguão do hotel, atingindo a recepção e as escadas da saída, um terrível rumor — terrível para mim, que tento me manter consciente, ileso dos ataques — o rumor de que Vicente e Selma, e também o deputado, não estão ali. Nunca estiveram. A única presença real é Francesca, a italiana colombiana para quem eu telefonei três dias atrás. Não contei a ela sobre os outros, pois não poderia colocar em risco o roteiro do meu livro, que um dia será adaptado para o cinema. Nada é possível fazer quando se odeia. O ódio é contraprodutivo. Enquanto eu odiava o Herói porque ele tinha decidido matar alguém e assim perderia o fascínio que exerce sobre mim e exercerá certamente sobre tantos outros se for possível divulgar os seus feitos, ia perdendo a capacidade de agir. Apesar de conhecer as histórias, jamais conseguiria localizar Vicente, Selma, muito menos o político e Assam, levado para uma aldeia que não está nos mapas da Líbia. Quantos outros ele teria desconstruído? Quantas histórias perdidas, que não poderei recuperar pela minha incapacidade esquizofrênica. Será que estou me escondendo atrás da doença para não fazer mais do que faço? O que poderia ter feito nestes mais de sessenta anos de vida que preferi não fazer, dormindo até mais tarde, ficando em casa quando poderia ter saído e ajudado alguém a erguer uma casa nas montanhas ou organizar uma festa beneficente?

Nada me preenche neste momento exceto a preocupação em saber quem, afinal, está neste hotel. Posso jurar que vi os quatro à minha frente, e que apareceu um homem com uma bandeja e ofereceu café e água. Não tenho certeza de quem aceitou o quê, pois estava mais ocupado em tentar saber como o eliminariam. Meu sentido se fixava mais em Francesca, claro; não pela sua beleza, completamente ausente nos demais, mas porque ela me pareceu mais sóbria, forte, altiva, com seu vestido preto, branco e vermelho com detalhes na altura do busto, um decote muito discreto, sapatos fechados e de salto fino. Brincos de ouro branco, os cabelos castanhos presos em rabo de cavalo. Uma mulher bonita sem exageros, mas o olhar, o olhar de alguém que sabe exatamente o que quer e o que fará para conseguir aquilo. Pegava balas de gengibre na bolsa de vez em quando.

Então, o rumor que circula neste espaço é o de que a única pessoa real aqui, além de mim mesmo, é essa mulher com os óculos escuros encravados no decote do vestido. Não é magra, também não é gorda. Tem o abdome um pouco proeminente, o que reforça o charme de uma mulher que teve filhos, não sei quantos ao certo, porque aqueles que conviveram por dois anos com o Herói foram tomados emprestados numa instituição, acho que já disse isso, os pequenos atores. Isso quer dizer que não preciso temer a arma de Vicente. E que as ameaças do político não me alcançarão. Um a um, eles desaparecem do hotel sem deixar vestígios.

Tenho um filho. Ele está com 21 anos e estuda geografia. Vai à faculdade no Celta que lhe dei de aniversário este ano, e não tem namorada fixa. Às vezes vem almoçar comigo e me pega lendo na biblioteca. Em poucos minutos deixo o livro e me sento ao seu lado, numa poltrona, enquanto ele se esborracha no sofá maior. Está sempre de bom humor, mesmo quando alguma coisa o aborrece. Conversamos. Nossa conversa é amena, trivial, pois não tenho muito o que lhe dizer e ele também não é de falar muito. No entanto, tem um sorriso sempre à espreita. Mas enquanto esperamos o almoço — ele gosta de peixe com torta de palmito e salada simples —, repassamos o dia um para o outro. Quando tinha 12 anos eu o levava ao cinema e nos divertíamos no shopping olhando as meninas que desfilavam moda do lado de fora das vitrines. Quando tinha 5 anos, brincávamos no parque, e íamos também ao circo. Era primoroso acompanhá-lo, mas a energia que exigia do velho pai, não sei de onde eu tirava. Prefiro meu filho agora, aos 21, sem depender de mim, pois me é dispendioso sair com ele, preocupar-me com sua saúde e lazer, levá-lo ao dentista. Esses afazeres sempre tiraram minha concentração, que agora está na vida do Herói, o herói da minha singular vida. Meu filho, como é fácil deduzir, é imaginário. Tem olhos esverdeados, cabelos pretos, 1,79 metro, e se parece com a mãe. Mãe que não sei quem é. Não tenho a menor ideia de quem possa ter me dado um bem tão precioso, um filho, algo que dá sentido a uma vida e que tenho só na imaginação. Mesmo irreal, porém, ele me faz companhia. Está sempre comigo. Talvez mais do que muitos filhos reais que não dividem as experiências de suas vidas por entenderem que os pais são seus grandes inimigos. Mas não me interesso pela psicanálise, exceto pelo que ela possa falar do romance policial. Acho muito chato as análises, recorro a elas apenas para criar personagens, acho que assim eles terão certo sentido e serão aceitos pelos leitores tão exigentes. Mas acredito que agora que persigo o Herói pelo mundo, alguém de carne e osso, não precise da psicanálise nem das inúmeras contestações. Afinal, de que adiantou a psicanálise para Louis Althusser? O filósofo e a esposa, Hélène, morta por ele aos 70 anos, tinham o mesmo analista. No entanto, não puderam se encontrar de verdade, não foi possível um ponto em que a liberdade de um convivesse com a liberdade do outro.

Na sua autobiografia, Althusser parece mais ciente, tem uma ideia tardia de ter aprendido o que quer dizer amar. É "ser capaz de não tomar essas iniciativas exageradas sobre si, mas de ser atento ao outro, respeitar seu desejo e seus ritmos, nada pedir, mas aprender a receber e receber cada presente como uma surpresa da vida, e ser capaz, sem nenhuma pretensão, do mesmo presente e da mesma surpresa para o outro, sem lhe fazer a mesma violência. Em suma, a simples liberdade. Por que, afinal, Cézanne pintou a montanha Saint-Victoire a cada instante? É porque a luz de cada instante é um presente". Aí ele diz coisas que eu mesmo poderia ter dito sobre mim mesmo: "Então, a vida ainda pode, apesar de seus dramas, ser bela. Tenho 67 anos, mas finalmente sinto-me, eu que não tive juventude, pois não fui amado por mim mesmo, sinto-me jovem como nunca, ainda que a história deva acabar brevemente. Sim, o futuro dura muito tempo." Ele define a morte da mulher como suicídio altruísta e não aceita a palavra homicídio, mas não vou defendê-lo. O que é feito num ato psicótico pode ser perdoado, ainda que por um semiesquizofrênico como eu? O próprio filósofo não guardou memória do que fez, dizendo que estava massageando o pescoço de Hélène quando percebeu que ela tinha sido estrangulada. Seu ato foi considerado inimputável e ele acabou inocentado um ano depois. Mas a depressão aguda não o deixou, e, pelo seu estado de loucura, enquanto estava internado, o governo francês acabou cassando sua identidade. Acontece então a afirmação, na vida real, das suas teorias filosóficas — Althusser dizia que o sujeito não possui identidade particular, e ele próprio fica sem seu documento de identificação. É desconstruído, e já cheguei a desconfiar de que tenha sido, ele também, vítima do Herói. No entanto, seus livros estão aí, sua obra não desapareceu, sequer perdeu a clara, a firme identidade que possui deste autor marxista de origem argelina.

Outro personagem real que poderia ter sido vítima do Herói, não tivesse vivido em tempos remotos e, afinal, sobrevivido: o escritor Alexandre Soljenitsin. Stálin tentou aniquilá-lo, por se opor ao socialismo. Mas era famoso demais para morrer sem deixar consequências políticas. Então, a solução foi mandá-lo para a Sibéria. Isso aconteceu com muitos artistas e intelectuais russos, chamados dissidentes. Eram molestados, expulsos dos sindicatos, deportados e confinados a campos de concentração. Eram desconstruídos. Não no sentido de Jacques Derrida, mas no do meu Herói. Porque o filósofo francês propõe a desconstrução como forma de dissecamento dos conceitos. É pegar cada parte do todo para uma análise minuciosa. O Herói desconstrói no sentido de anular a construção, tira de seres que de alguma forma se colocaram no caminho de outros o direito a tudo que tiveram, inclusive à própria identidade. Talvez exerça a fala de Althusser.

Sou um pai sem filhos, isto é, sem filhos de carne e osso, mas sei que ter filhos dói muito. Uma amiga chegou aos 35 anos com o segundo filho, uma menina. Na casa da mãe, numa cidade do interior, o bebê, com dois meses, viveu um momento sem maiores consequências mas que a deixou muito angustiada. Esta, dizem, é uma fase em que os bebês acordam muito à noite, não é possível se pensar em mais nada. Dormia com os sentidos voltados para a filha, que acordava a cada hora e meia. No mesmo quarto de hóspedes, dormia também o filho, de 8 anos. Este, muito tranquilo, não dava trabalho. Mas o bebê, com suas cólicas e necessidade de leite materno, pedia atenção a noite inteira. Um dia, para susto da mãe, acordou com todo mundo da casa entrando em seu quarto e acendendo as luzes. Levantou-se, assustada. Olhou rapidamente para o bebê: ele dormia tranquilo. O que seria, então? Vitor, o filho, chorava alto porque ardia em febre e lhe doía a cabeça. Acordou a avó e a tia em quartos mais distantes, mas a mãe, a própria mãe, que ali dormia com os sentidos voltados unicamente para o bebê, não foi capaz de despertar para cuidar dele. Disse-me que não conseguiria descrever como se sentiu. Tamanho remorso por ter esquecido um filho para cuidar do outro. Viu-se envergonhada diante da família. Que culpa teve? Culpa teve, eu avalio e julgo, aquela mãe que jogou o bebê na lagoa da Pampulha ou a outra que, pela janela da própria casa, atirou o seu no rio Arrudas. Vejo que ter filhos pode doer muito, mas dor maior é a dos filhos, e por isso não os tenho. O que, é verdade, não me livrou da dor, pois gigante também é a dor de ter filho imaginário, que não sei por onde anda quando não está na minha imaginação. É certo, no entanto, que os pais nunca sabem, ou raramente sabem, onde estão os filhos, e eu ao menos tenho ideia.

Um dia vi Leandra. Era real e fulgurante embora, de fato, não seja uma mulher bonita nos conceitos dos machistas ou das revistas de moda. Tinha cabelos pretos, cortados em desalinho. Estava na Biblioteca de Londres. Usava sapatos baixos, confortáveis, e roupas que misturavam o cinza e o branco da Europa com cores brasileiras, mas bem discretas, como meias vermelhas e um colar com pedras azuis e círculos amarelos que pareciam plástico mas que bem podiam ser metal. Leandra está voltada para a literatura e pesquisa a vida de Franz Kafka, o escritor que mais parece um personagem. Quer escrever sobre sua forma de criação. Leandra quer falar, mas sua voz não passa de repetições. No café, ao lado da biblioteca, pediu um chá e croissants. Tinha um livro na mão. Era *In der Strafkolonie*, que Kafka leu em público, em Munique, em 1916. Já tinha recebido o prêmio Fontane de literatura, mas suas obras não faziam sucesso, o que o angustiava. Leandra não tem angústias. É bem resolvida, serena, tem relacionamentos com três parceiros e por nenhum se apaixona, embora se sinta muito bem com qualquer um deles. Também parece mais uma personagem. Desprovida de complicações, não faz perguntas. Se ela estuda Kafka é porque ao fim de sua vida, que deve ultrapassar os noventa anos, estudará todos os gênios da literatura. Leandra tem apetite de saber e nunca teve que enfrentar a preguiça. Jamais deixou de acordar cedo para ir à academia, não precisou tomar vitaminas mesmo quando estudava 16 horas por dia para fazer a prova de mestrado. Não é do tipo que adia exames de rotina ou que deixa para amanhã projetos profissionais. Quando me perguntei por que o Herói a teria como namorada mesmo não sendo ela exclusiva, logo reformulei a questão para: por que não a teria?

Leandra não pousará nua para revistas masculinas, porque tem gosto refinado para a vida. Sabe que os namorados que já teve sentem sua falta, porque é inteligente demais para ser esquecida. Sabe que gostariam de estar com ela mais uma vez, saboreando um vinho italiano, conversando sobre filosofia, poesia e mesmo amenidades. Ela tem um jeito especial de falar dos mais variados assuntos sem revelar qualquer vaidade e é uma das poucas mulheres que podem discorrer sobre a cor da moda ou corte de cabelo sem cair na vulgaridade. Estudou os heróis gregos num tempo em que ainda não conhecia o Herói. Apaixonou-se por todos eles, cada um com suas nuances. Mas não há razão e talvez este seja seu único erro aparente (porque os outros ela consegue esconder muito bem) —, não há razão para paixões. O que foram os heróis gregos senão egoístas que cometeram seus crimes com a convicção do poder? Aquiles, Jasão, Perseu, Teseu, Ulisses e Hércules povoam o seu imaginário, e têm um brilho que as modernidades não podem apagar. Mas a visão que eu tenho deles, dos heróis gregos, os coloca abaixo do Herói. Estão todos envolvidos em barbaridades, ainda que no caso de Teseu tenha sido contra ele mesmo. Os heróis, estes filhos de deuses com humanos, estão longe da concepção ocidental dos super-heróis. Já o meu Herói, quanta riqueza nos seus atos, quanto requinte nos crimes que comete diante dos homens e dos deuses, que não o julgarão, porque não encontrarão fichas com identificação, endereço, telefone, cadastro de pessoa física, código de endereçamento postal.

Aquiles foi criado como mulher e bem poderia ter sido uma vítima do meu protagonista. Precisou reconciliar-se com Agamênon para matar Heitor, mas foi assassinado em seguida pela flecha venenosa de Páris, que lhe atingiu o calcanhar, única parte do corpo que a mãe, Tétis, não havia molhado no infernal rio Estige, para torná-lo invulnerável. Não venceu, ao final, não merece a alcunha de herói, mas quem sou eu para desconstruir a obra de Homero? Hércules, por sua vez, chegou a ser aclamado como deus. Antes de realizar os trabalhos, no entanto, foi assassino frio e cruel. Matou a esposa, Mégara, e os três filhos, dizendo-se incitado por Hera. Perseu, outro herói grego, decapitou Medusa enquanto ela dormia, vendo sua imagem refletida no escudo de Atena, e com a sua cabeça petrificava os inimigos. Perseu acabou matando o avô Acrísio, como previra o oráculo, e tomando o seu lugar. Jasão, por sua vez, foi valente, mas volúvel. Embarcou com os argonautas com o intuito de levar a mítica lã de ouro guardada por Eetes e protegida por um dragão para Pélias, a fim de ter de volta o reinado que havia sido de seu pai, Esão. Teve sucesso graças a Medeia, com quem se casou e viveu por dez anos, até traí-la com Creusa. Aí começou a tragédia, pois Medeia matou a rival e os dois filhos que teve com Jasão, que acabou se matando também, segundo algumas versões. Outras dão conta de um castigo divino tirando a vida do herói que traiu. Filho de Egeu, rei de Atenas, Teseu derrotou o Minotauro, que devorava sete rapazes e sete moças todos os anos, no labirinto mantido pelo rei Midas, na ilha de Creta. Casou-se com Antíope e depois com Fedra, e fez maravilhas pelo seu povo. Foi salvo dos infernos por outro herói, Hércules, mas apesar de ter criado o senado, unido os povos de Átila, inventado o uso da moeda e instalado a democracia, acabou "caindo no mundo", como se diz hoje. Para depois encontrar sua Atenas dilacerada pelas lutas internas. Acabou se isolando na ilha de Ciros, onde foi morto pelo próprio primo, Licomedes. Ulisses talvez tenha sido um herói como chamamos os heróis. Virou símbolo do homem capaz de transcender as adversidades que sempre são colocadas no caminho, seja por obra dos deuses, seja dos próprios humanos. Foi perpetuada também a honradez de Penélope na sua fidelidade ao marido, depois de vinte anos com toda sorte de aventuras na aclamada *Odisseia*.

Se eu pudesse me aproximar de Leandra, se pudesse falar com ela, debateria o caráter dos heróis gregos. Que é duvidoso, ao meu modo de ver. Por isso preferi dar ao meu cachorro o nome de um titã, Prometeu, e não de um herói. Mas o meu personagem se chama Herói porque também carrega suas culpas, também comete seus crimes, ainda que a execução da morte não esteja entre eles. Quanto aos super-heróis, estiveram comigo na infância, mas nunca com tanta intensidade. Leio uma notícia nos jornais que me deixa comovido. Aconteceu em Santa Catarina, em novembro de 2007. Um menino de 5 anos brincava, vestido de Homem-Aranha. Na casa em frente, uma mulher havia deixado sua criança, de menos de 2 anos, dormindo no berço, enquanto lavava roupa na parte externa. Então, a casa pegou fogo. O menino correu, atravessou a rua, chegou até a mulher, que não conseguia entrar para resgatar a filha, tão fortes eram as chamas, e disse. "Não grita, não grita, eu sou o Homem-Aranha." Então, sendo realmente o Homem-Aranha naquele momento, entrou na casa, resgatou o bebê do berço e o entregou à mãe. História real, registrada nos jornais e nos sites. Um milagre? Para mim, os deuses ainda agem, e controlam seus heróis, alguns ainda meninos de 5 anos.

Mudo de assunto comigo mesmo porque não posso me aproximar de Leandra. Não posso falar com ela e revelar minha existência. Estaria pondo tudo a perder; tudo que construí em seis anos e já não sei mais quantos mil dólares. Ou melhor, sei sim, porque anoto tudo. Vou até a agenda e refaço as contas, adoro fazer e refazer contas e perceber o quanto a matemática é exata num mundo de inexatidões. São 82.136 dólares. Este foi o meu gasto até aqui. Dinheiro que se foi, mas é o quanto custa, página após página, o livro da minha vida. Do total mínimo para uma editora. E não falo de qualquer custo de edição, pois os escritores de verdade sequer têm noção destes valores, mas do que foi preciso gastar para descobrir pelo mundo as vítimas do Herói.

Sem a possibilidade de um encontro com Leandra, lembro que tive certa vez uma cozinheira asiática. Ela praguejava contra a comida chinesa que se vende no país. Fazia pão de sementes: fermento, frutose, água morna, trigo integral, farinha de trigo, sal, alcaravia, sementes de linhaça, de gergelim branco, de gergelim preto, de girassol e papoula. Para completar, óleo. Não sei como conseguia comprar tudo aquilo em São Paulo, mas tinha a paciência necessária para deixar a massa crescer, abafando com um pano nos dias frios, e deixando próxima à janela quando havia sol. Dizia que o pão nutre os rins. Servia o café da manhã com certo desprezo por mim, um senhor inútil que ao seu modo de ver, não trabalhava e fazia coisas muito estranhas de vez em quando. No entanto, esse mesmo senhor pagava em dia seu salário e exigia muito pouco, não ligando para a limpeza dos cômodos. Penso que me considerava mesmo um velho imprestável, pois ficava a maior parte do dia, além de dias inteiros, dentro de casa. Sei que as empregadas gostam quando os patrões estão fora. Podem fazer a faxina vendo televisão com o som bem alto. Param na hora da novela da tarde e comem presunto puro ou toda a sobremesa que há na geladeira, dizendo depois que o senhor não comeu, perdeu, tive que jogar fora. Não, a chinesa não, não comia essas coisas, mas certamente também desejava que eu saísse e parasse de lhe incomodar. Minha presença por si só era incômodo para ela. Para não falar da insegurança que sentia em relação à minha doença. Eu oferecia um risco. Ela estava sempre de sobressalto, à espera de que eu invertesse a ordem e começasse a puxar meu próprio corpo pela gravata, dizendo que estava treinando para ser um pássaro. Por isso, ficou por um ano e dois meses apenas, deixou um estoque de pães e receitas para que a sua substituta seguisse, e disse que teria que ir ao casamento da filha, que morava no Ceará. Seriam três dias de viagem de ônibus, o neto nasceria em três meses e precisaria ajudar nos primeiros cuidados. Nunca soube que tinha uma filha, mas não achei que estivesse mentindo. Ela não precisaria de desculpas para me abandonar a qualquer momento, motivos tinha para isso. Nunca mais comi comida chinesa de verdade: estrogonofe natural feito com shiitake fresco e suco de melancia, peixe assado com raízes, fios de nabo ao sugo e pasta de jiló, que eu comia tomando cerveja. Muito bom. Quando havia sobremesa, e isso era quando eu recebia algum colega escritor ou alguém da editora, num almoço de sábado, ela fazia pera assada com creme ou geleia de manga. Nunca gostei muito de doce e só comia para agradá-la e verificar que a comida chinesa, como a medicina chinesa, está na ponta de linha. Ela me dava um conforto que raramente tive com outras pessoas. Meus convidados, que podiam ser raros mas eram sempre especiais, elogiavam a comida. O que não precisavam fazer, poderiam fingir que era natural comerem tão bem.

Mas essa empregada eu tive antes de começar a viajar, de começar a seguir meu personagem pelo mundo. Então, passei a comer nos hotéis e, mesmo quando estava em São Paulo, não me alimentava em casa, onde não havia mais ninguém me esperando com a mesa posta. E mesmo quando chamava uma faxineira, dizia que não precisava preparar prato algum, deixar o apartamento limpo era o bastante. Como nunca fui empregado, nunca tive que seguir ordens e orientações de ninguém, também para mim era difícil dar ordens, e a chinesinha tinha sido minha última experiência, que eu, apesar da saudade da comida que ela preparava, não queria repetir. Também já estava exausto de lidar com pessoas que ficavam ao meu redor. Apesar da experiência até agradável com a chinesa, era doloroso suportar outra pessoa no apartamento, onde minhas loucuras ficavam à vontade. Sem qualquer preocupação com o social, eu permitia que as vozes falassem alto e os vultos esbarrassem nos meus móveis. Como se eu tivesse controle sobre tudo aquilo. "Agora é hora de brincar", e meus fantasmas se espraiavam pelo apartamento, abriam gavetas tentando revelar algo de mim, deixavam aberta a geladeira para se aquecer, davam piruetas sobre as poucas plantas que sobreviviam ao parco tratamento recebido do dono da casa. Se o telefone tocava — quando eu o tinha —, eu temia que algum deles atendesse. Que revelasse meu segredo, meu terrível segredo: que eu os deixava livres, que eles podiam fazer o que quisessem. O meu amigo crítico de literatura era um dos poucos que ligavam e ele sabia da minha estranheza, mas não conhecia os detalhes. Não que, em casa, eu liberasse todos os meus fantasmas, apenas chegava perto disso. Dançava nu diante do espelho, até fazia penteado punk usando gel para espetar os cabelos. Pode parecer engraçado, mas é, antes de tudo, fundamental para mim. Porque depois de toda essa confusão no apartamento, quando as vozes cessam, os andarilhos se vão pelas janelas, reina uma paz indescritível no ambiente. Eu me sento da poltrona e fecho os olhos. Tudo ao redor é silêncio e tudo é ordem. Nada a temer, nada a pensar. Um vazio agradável, um conforto que me faz dormir ali mesmo, na sala, e acordar no dia seguinte como se tivesse feito uma limpeza completa na alma. Levanto-me e vou novamente em perseguição ao meu desejo, ao Herói que pretendo adaptar à minha escrita.

Ele inventou o seu próprio crime. Não arriscou imitações. Não quis repetir caminhos que outros já tinham perseguido durante séculos, deixando sempre rastros. Em pouco tempo, pela sua genialidade, conseguiu convencer traficantes, bandidos, policiais de facções de extermínio e também promotores, juízes, políticos e ladrões a não matar, a simplesmente fazer sumir. Qual a lógica? Não seria bem mais simples o assassinato puro e simples? Que traz um corpo que, se revelado, caracteriza um homicídio. Mesmo com a lentidão da Justiça, processos acarretam problemas, dinheiro tem que ser pago a delegados, a promotores e juízes para que não haja condenação. Em alguns países, o suborno é muito caro. Em outros, é arriscado e pode complicar as coisas. Mas não foram estes ou argumentos semelhantes que o fizeram existir, praticar o seu próprio crime. Ninguém deixaria de matar, a índole dos assassinos. E sim porque, seja pelo charme, seja pela energia que empreendeu ao seu fundamento, o Herói estabeleceu seu lugar no mundo. Ninguém lhe deu isto. Ninguém lhe permitiu ser o que é. Ele simplesmente criou, inventou para si mesmo essa função. Carece absolutamente de explicações e eu não estaria aqui tecendo comentários não fosse um escritor semiesquizofrênico que guarda mágoas do pai e da mãe e de todos os grandes gênios da psicanálise que não conseguiram curar sequer a si mesmos. Uma pobre criatura em busca de um personagem perfeito.

Não posso impedir. Ele realmente decide renunciar à desconstrução. À qual dedicou 24 anos. Não terei o livro. Acabo de descobrir quem será sua vítima. Nenhum criminoso ou investigador importante. Ninguém num país distante de suas raízes que mal se aguentam no chão. Sua vítima será alguém que ele precisa eliminar de forma definitiva, para alimentar a ilusão de que, assim, continuará seu trabalho, continuará se encontrando com Leandra em restaurantes de Amsterdã, Paris, São Petersburgo, Santiago, São Paulo. Continuará atendendo aos pedidos de poucos que sabem dele, sem imaginar seu nome, sem nunca terem visto seu rosto. Mas isso é impossível. Como pode pensar que, matando, continuará o mesmo? Não será o mesmo, vai desconstruir a si próprio. Nunca mais o mesmo. Nunca mais o desconstrutor. Assim, a morte se mostra mais poderosa que a desconstrução. A morte se sobrepõe. Não a morte das coisas, como decanta Murilo Mendes, mas a morte do corpo. A morte resoluta e imponente. Porque ao matar, terá perdido toda a evolução do crime até aqui. O próprio conceito de crime, se ele tivesse optado por seguir o modelo infinitamente — as retas se encontram no infinito se não forem paralelas —, sofreria uma intensa transformação. Antes, tirar a vida, eliminar uma existência, suprimir o direito de outrem (covardemente, pois tem que ser assim, sempre). Num segundo momento, e era aí que ele, o Herói, entrava, o crime consistia em fazer desaparecer uma pessoa, melhor que o mágico, cujo truque acaba invariavelmente sendo relevado, ainda que apenas para o dono do circo. A pessoa some, é desconstruída, como se espera de todos os modelos e sistemas que o homem criou para o mundo e que já não cabem mais depois da devastadora ação do tempo. O que viria em seguida? A terceira etapa do processo seria a desconstrução do próprio conceito do crime, que seria o respeito total a tudo que pertence ao outro: o estágio de evolução, os valores, o livre-arbítrio, a capacidade ou incapacidade de amar, por fim, a própria vida. Aí, viria a transferência para um outro plano, conquista que todos almejam, mas que poucos desejam de fato. Mas alheio a toda essa discussão existencial, o Herói rompe espaços e, como num filme *noir*, prefere as escadas. São sempre as escadas. Não usa o elevador, onde poderia se sentir preso, ainda que por segundos, usa as escadas que o levam ao seu objeto de ação.

Não será mais o mesmo. Vai executar a morte da única pessoa que poderia pôr em risco o que ele tramou, o que ele inventou para sua vida, para o intervalo de tempo que viveu até aqui. Que precisaria ficar no anonimato para que as ações fossem infinitas dentro da sua condição de mortal. Mortal como os mortais que Prometeu quis ajudar, e ajudou. Eu trouxe para o hotel a mulher que poderia também usar da morte, que poderia eliminá-lo definitivamente. Assim, ele não teria deixado de ser o desconstrutor. Não teria se transformado em outro. Não teria trocado o seu *modus operandi* de cumprir a ordens que lhe deram. Pelas quais pagavam muito bem. E eu teria o meu Herói. O desconstrutor. Eu teria o livro. Em vez disso, procuro mais uma vez o copo d'água para tomar o comprimido, já suando diante da sua arma. A cortina não é opaca o bastante, e uma nesga de luz do sol, do sol de Copacabana, toca a poltrona à minha frente e também o braço esquerdo dele. O braço que cai sobre o corpo, ficando perpendicular ao outro, que segura a arma. Não há tempo para identificar a arma, moderna, talvez comprada na Europa. Não entendo nada de armas, mas percebo que esta foi comprada especialmente para esta transformação. Não uma arma comum. Os trabalhos de Hércules chegando ao final. Prometeu libertado. Agora que tudo está próximo do fim, penso se não deveria ter arriscado a falar com Leandra, saborear sua inteligência, como um delicioso sorvete de quatro sabores sonhado na infância. É tarde para muita coisa, mas alguns segundos são suficientes para um fio de imaginação. O filho que não tive me acompanhará. Isso eu determino, como um último presente a mim mesmo. Não, isso foi tudo e não há mais tempo para conjecturas. De repente, o tempo se expira. Ele, que foi minha única riqueza durante anos e anos de ociosidade e literatura. O estampido é seco, último som da vida. Não terei o livro. Ou tive?

Este livro foi composto na tipologia Minion,
em corpo 11,5/16, e impresso em papel off-white
90g/m² no Sistema Cameron da Divisão Gráfica
da Distribuidora Record.